車いす巡礼・可能性への挑戦

自力でいどみ、他力にたより

滝口仲秋

本の泉社

まえがき

ぼくは、立つこと・座ること・歩くこともできない車いすユーザーだ。

車いすが誕生した1921年以前は、いざり者「尻を地に着けたまま進むこと。また、いざる人（広辞苑）」と言ったそうだ。そして他人に見られないように、奥座敷に隔離されていた人もいたと噂に聞く。「いざる」という言葉は、差別用語という人がいる。

ぼくは、1970年に、10万人に1～2人しかかからない難病脊髄腫瘍《せきずいしゅよう》になり、4回も大手術をした。

1回後、足に装具をつけて退院。2回目、1本杖で退院。3回目、2本杖で退院。4回目、車いすで退院

「今度は良くなるだろう」「今度は良くなるだろう」と繰り返し、手術台に上がったが、期待はその都度、裏切られた。はり、灸《きゅう》、マッサージなどいろいろなものにも挑戦したが、両足は、完全に動かなくなった。主治医から

「一生、車いすから離れないでしょう」

と言われたショックは、今でも忘れられない。最後の勤務地は、エレベーターのない3階立ての教育センターだった。2階、3階に中古の車いすを置き、階段を這《は》って上がり下りしたものだ。そのため、中途で仕事を辞めざるを得なかった。

半年、家にこもり、自分という人間が情けなく思ったものだ。そんな時、隣市の、筋委《きんい》縮性側索硬化症《しゅくせいそくさくこうかしょう》（ALS）患者のTさんに会うことができた。わずかに動く頬《ほほ》からパソコンを通して貴重なメッセージをいただいた。

「滝口さんは手が使えるなんて素敵ですよ」

と。そんな出会いから、「足がだめでも手があるさ」というぼくの人生を左右する合い言葉が生まれた。

●ぼくにもできる家事が一つはあるはずだ。
●ぼくにも行ける所が一ヶ所あるはずだ。
●ぼくにも会いたい人が一人は居るはずだ。
●ぼくにも役立つ事が一つはあるはずだ。

一つが二つになり、二つが三つになってきた。

そんな意識の変化が芽生えると、無性に外出したくなった。外出するエリアは、後期高齢の75歳を迎えるまでどんどん広がり、一人でも海外に出かけられた。
応接間→新築の家→庭→（ＡＰ車免許）→近燐市町村→県内→国内→甥と国外→ボランテアと国外→定番コースの障害者ツアー→自由時間の多い障害者ツアー→独りで国外
後期高齢者とはだれが名づけたのだろう。後期高齢者に近づくにつれ、エリアは逆の方向をたどるようになった。現在は、２泊３日の国内旅行が中心だ。確かに後期高齢者になると、有病率や、生きている不安さは、日増しに多くなってきた。
そんな矢先、四国八十八ヶ所の霊場めぐりの人たちの勇姿が、新聞・テレビに登場する。
○白装束、菅笠、輪袈裟《わけさ》姿のお遍路《へんろ》さん
○金剛杖《こんごう》をガチャーン・ガチャーンと鳴らしながら歩むお遍路さん
○目を閉じ、念珠《ねんじゅ》をすり、お経を唱えるお遍路さん
○行く先々で、接待を受けるお遍路さん
お遍路さんは、静かな自分の心を拠り所にし、仏の智恵を頼りに粛々《しゅくしゅく》と歩むという。そう思ったら自分もお遍路の仲間入りしたくなった。「ぼくにもまだ行ける所があるはずだ」という気力が芽生えたのだ。

でも、ぼくのような高齢者や障がい者などの交通弱者は、
○歩道のないひなびた狭い道、○長いスロープ道、○寺の境内の階段、○本堂・太師堂に上がってのお参り、○途中での車いすトイレ、○バリアフリー対応の宿泊施設、○タクシーやケーブルカーの昇降……。

等での不安が数えきれないほど浮かんでくる。

これらの不安を乗り越え、巡礼を通し、衆生《しゅうせい》（世の中の人々、とりわけ、援助・介護に当たってくれる人々）に、心の底からお礼を大師《たいし》様に向かって届けることはできないだろうか。大師様は、苦労して訪れた後期高齢の車いすユーザーに、健常者以上に慈愛の念を施してくれるのではないだろうか。そんな自分勝手な理由をつけ、四国の巡礼者の一員になりたく、四国に旅立ったのだ。

もくじ

第5章　他人を思いやる場面が多かった4回目の巡礼　

平成22年9月30日～10月3日（愛媛県・香川県）

第7章　いよいよ大師様へ報告、高野山《こうやさん》・慈尊院《じそんいん》詣へ　115

平成23年4月21日〜22日

第8章　同窓会に発展した巡礼仲間　四国巡り　130

平成28年4月4日〜6日

第9章 またもや出かけた同窓会、兵庫県但馬《たじま》方面

平成28年11月4日～6日

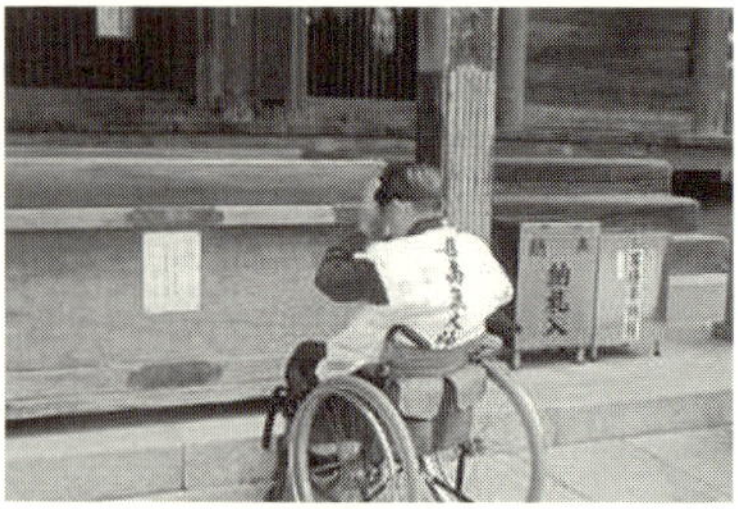

おまいり

第1章　巡礼の序曲

○八十八ヶ所の札所地図

四国八十八ヶ所霊場会　公式ホームページ（参考資料1・1）を開き、番号をクリックすると各札所の詳細が出てくる。

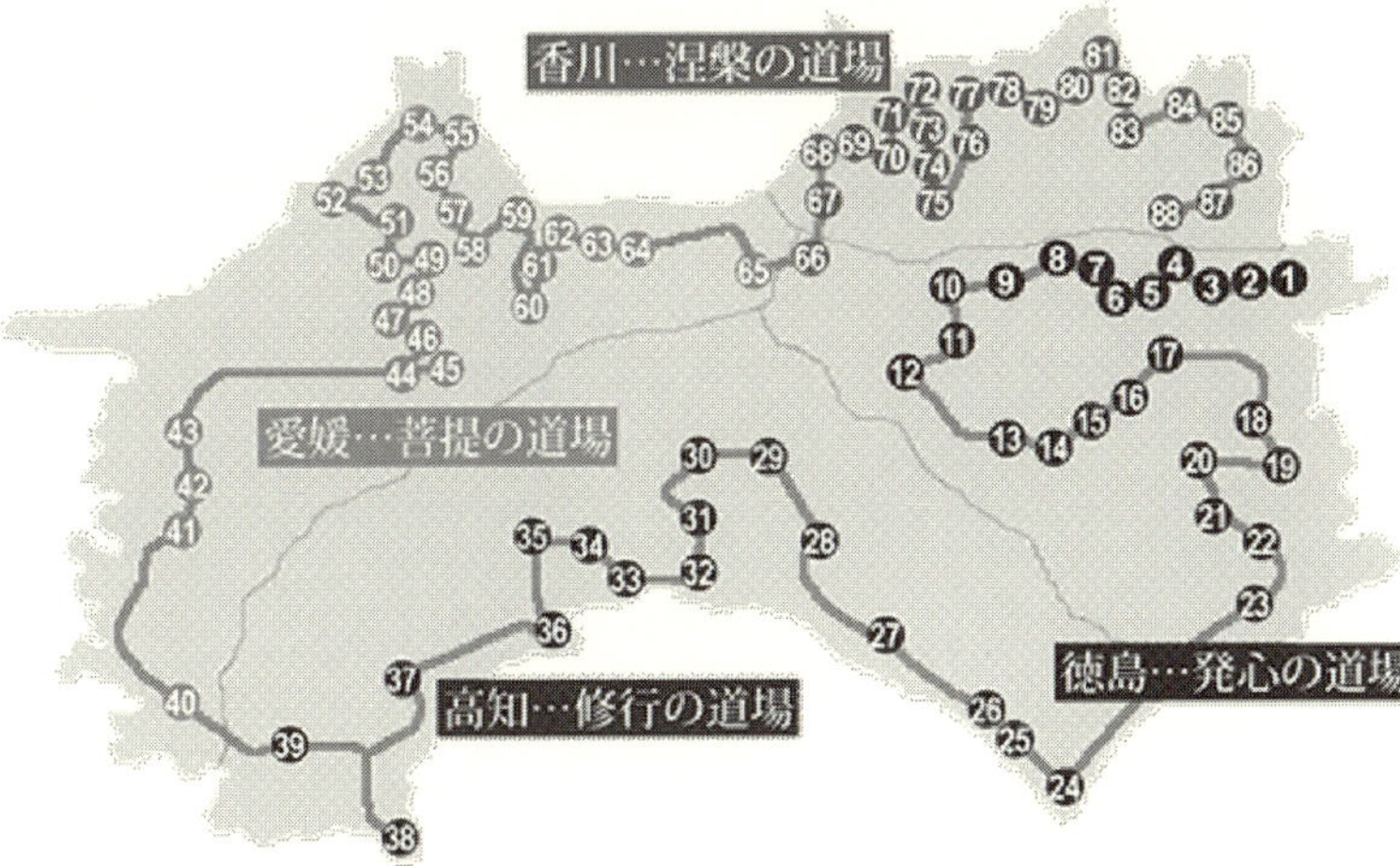

○時期

お遍路1回目　平成21年5月11日〜14日
お遍路2回目　平成21年12月1日〜6日
お遍路3回目　平成22年5月31日〜6月3日

お遍路4回目　平成22年9月30日〜10月3日
お遍路5回目　平成23年4月19日〜20日
高野山慈尊院　平成23年4月21日〜22日
第1回同窓会　平成28年4月4日〜6日
第2回同窓会　平成28年11月4日〜6日

○参加者

①東京都から参加の兵頭さん〈後期高齢の車いすの男性〉
②兵頭さんの奥さん〈後期高齢の健常者〉
③兵頭さんのお嬢さん〈健常者〉
④広島県から参加の津田さん〈松葉づえ・車いす使用の女性〉
⑤和歌山県から参加の山本さん〈松葉づえ・車いす使用の女性〉
⑥神奈川県から参加の後藤さん〈1本づえ・車いす使用の後期高齢の男性〉
⑦福島県から参加の八幡さん〈車いすのご主人を亡くした後期高齢の女性〉

⑧千葉県から参加のぼく〈後期高齢の車いすの男性〉
⑨薄井貴之さん〈旅行会社・HISユニバーサルツーリズム添乗員〉（参考資料1・2）
⑩伊東則男さん〈高知市・山本タクシー運転手さん、先達*を兼ねる〉（参考資料1・3）
⑪もう一人の運転手さん（随時変わる）

＊先達《せんだつ》＝修験者《しゅげんじゃ》の峰入りなどの先導者（広辞苑より）

○**移動手段**

スロープ付きの介護タクシー（5人乗り）＝⑪①②③さんたち同乗
ジャンボタクシー（9人乗り）＝⑩④⑤⑥⑦⑧⑨さんたち同乗

スロープ付き介護タクシー　後部にスロープあり

【参考資料】

1-1　四国八十八ヶ所霊場会　公式ホームページ
http://www.88shikokuhenro.jp/
霊場紹介、遍路の心得、遍路の知恵袋　等

1-2　旅行催行会社　HISバリアフリーデスク
所長　薄井貴之さん
四国八十八ヶ所霊場　高野山、同窓会1、2の全ての
ツアーの企画と添乗
〒151-0051　東京都渋谷区千駄ヶ谷5-33-8
サウスゲート新宿ビル1F
平日11：00〜19：00／土11：00〜18：00／日・祝11：
00〜17：30
https://www.his-barrierfree.com/
TEL／FAX　03（5360）4761

1-3　ジャンボタクシー介護タクシーの運転手
四国八十八ヶ所霊場会公認先達　伊東則男さん
四国八十八ヶ所霊場　高野山、同窓会1、2の全ての運転、先達
〒780-0949　高知市鳥越129-2　福井タクシー

ジャンボタクシー

http://www.fukuitaxi.com
携帯電話　090-7629-0551

第2章　不安と期待でいっぱいだった1回目の巡礼

平成21年5月11日～14日［徳島県］

○旅じたく

ひとりで国内外に出かける手荷物は、最小限度の量、手が届く場所にあることに留意している。

・リュックサック（横30㎝×たて15㎝×高さ35㎝）
　着替え2組、持病薬、財布A、携帯電話、運転免許証、洗濯道具（石鹸・安全ピン）、雨具。土産品等。
・ポケットの多いベスト（次頁写真、表ポケット9ケ、裏ポケット2ケ）

メモ帳、筆記具、ハンケチ、老眼鏡、パスポート、航空券、搭乗券、乗車券、入場券、障害者手帳、財布B、財布C、カメラ、飲み物、おやつ、保険証、旅日程表、自動車のキー等。

＊当初は、大きめのキャリアカーを車いすに結びつけて移動していたが、空港でひっくり返り、肩の前後に掛けられる二つのキャリアカーにした。移動が大変だったので。今では、小さめのリュックとベストを着用している。行った先々、短時間で提示できるような品は、ベストに入れている。

＊お金は紛失しても対応できるように小分けしている。

○最小限購入したお遍路グッズ

《バリアフリー四国お遍路　発心《ほっしん》の道場・阿波《あわ》編4日間》というツアー企画が、旅行会社《HIS　バリアフリートラベルデスク》から届いた。発心とは、仏教語で「あることをしようと思い立つこと（広辞苑より）」らしい。

＊徳島県（阿波編）の霊場（23ヶ寺）は「発心の道場」、高知県（土佐国）の霊場（16ヶ寺）は「修行《しゅぎょう》の道場」、愛媛県（伊予国）の霊場（26ヶ寺）は「菩《ぼ》提《だい》の道場」、香川県（讃岐国）の霊場（23ヶ寺）は「涅槃《ねはん》の道場」

（参考資料2－1）

パンフレットを一読するうち、ぼくの不安・恐怖心は一掃され、発心の境地に傾いた。それに、旅行会社の添乗員及び移動を担当するタクシー会社《高知の福井タクシー》のスタッフがどんな助力を提供してくださるかも興味をそそる。行けばどうにかなるだろう。挫折したら、羽田行きの飛行機で引き返せばいいだろうぐらいの気持ちで参加した。

徳島空港で昼食（釜かけうどん）を済ませ、第1番札所　霊山寺《りょうぜんじ》に着いたのは、14時ごろだった。駐車場の一角には巡礼に必要な用具・備品が待っていた。歩き遍路でないので、持ち返りの荷物を最小限にするため、次の物だけ購入した。

《ぼくの購入した巡礼グッズ》
袖なしの白衣、輪袈裟《わけさ》、納経帳《のうきょうちょう》、納め札（88寺の本堂・太師堂分）、ろうそく、線香、ライター（着火マン）

①納め札・ろうそく・線香などの必要品を入れる頭陀袋《ずだぶくろ》も加えるとよい。
②菅笠は、時々、添乗員から借りた。
③四国に行く前に、賽銭の５円玉（88寺の本堂・太師堂分）は用意しておくとよい。

白衣の上に輪袈裟をつけ、納め札（４日間使用分、23寺×２枚）に、住所・氏名を書いていくうち、巡礼の気分になってきたから不思議だ。順打ち（1→2→3と数字の順番に進む）遍路の出発点、親しみをこめて「１番さん」と呼ばれている霊山寺は、たくさんの巡礼者たちで賑わっていた。

○待ちに待った巡礼の発心だ

4日間で、阿波（徳島県）23ヶ所を予定していたが、なにせ車いすの集団ゆえ、第20番札所・鶴林寺《かくりんじ》、第22番札所・平等寺《びょうどうじ》、第23番札所・薬王寺《やくおうじ》は、次回の訪問となった。始まったばかりの頃（第1番札所・霊山寺から第4番札所・大日寺《だいにちじ》）は、先達（先導者）の言いなりにお遍路の作法を行ってみたが、とまどいだらけで落ち着かなかった。かつて国内外の旅を共にした松葉づえ・車いす使用の女性たち（広島県の津田さん・和歌山県の山本さん）たちが心を込めて読経しているかが気になって仕方がない。そのむくいか、今、どの辺を読経しているのか不明の時が多々あった。

《お遍路の作法》

1、山門にて合掌《がっしょう》し、一礼する

2、手洗いにて手を清め、うがいする

3、本堂ではろうそくに点火、ろうそく立てに納める。その火から線香3本を灯し、線香立てに立てる。納め札とお賽銭《さいせん》を納め、念珠《ねんじゅ》をすり、合掌し、お経を唱える

4、太師堂でもろうそくに点火、ろうそく立てに納める。その火から線香3本を灯し、線香立てに立てる。納め札とお賽銭を納め、念珠をすり、合掌し、お経を唱える
5、山門にて 合掌し、一礼する
（参考資料2‐2）

札所から札所への移動タクシーは、リフト付1台、9人乗りジャンボ1台が当たった。親子連れの3人がリフト付、個人参加の5人がジャンボに乗った。ジャンボは、歩き遍路の人に道をゆずるため、速度を落とす。道行く歩き遍路は、《同行二人》と背に染め抜いた白衣をまとい、「ガチャーン・ガチャーン」と金剛杖を鳴らしながら、炎天下、一途に歩いている。行き会う大型バス・自家用車・タクシーなどの遍路に向かって、《一歩一歩、苦労して歩かないとご利益はないよ》と叫んでいるようだ。ぼくも歩き遍路でありたいと思っている。でも現状の身体能力では歩き遍路は無理だ。自分の能力を最大限、駆使すれば、我田引水だろうか。行く先々の観音様は、「慈愛《じあい》の念で迎えてくださるだろう」と、思うことにした。

○第4番札所大日寺→第5番札所地蔵寺《じぞうじ》→第9番札所法輪寺《ほうりんじ》

地図上では1・8㎞の下り坂を漕ぎ続けた。時々、車が行き来する。行き去ったのを確かめ、また漕ぎ出す。《同行二人》と染め抜いた白衣をまとっているせいか、背中の弘法大師が安全操行を見守ってくれているようで心強い。

第8番札所・熊谷寺《くまたにじ》→第9番札所・法輪寺は、地図上では2・7キロある平坦地だ。田植えの済んだ田んぼをかすめる微風、農家の囲い木の新緑、行き逢うお遍路さんとの挨拶、「へんろ道」と書かれた古い石碑等、実に新鮮だ。でも、歩き通す遍路さんの本心は、まだ分からない。

○初めて出会ったお接待さん

法輪寺の門前で、手招く女性に出会った。これが、噂に聞く《お接待さん》だった。

「ご苦労さんですもし。功徳《くどく》ですもし」

「ありがとう」

「草もちを召し上がれもし」

「美味しいです」

「道中、気を付けてもし」

「がんばります」

　一瞬、心が和やかになったものだ。

「仏家の布施の一つで、路上で湯茶を用意し往来の人にふるまってくれる」

と、先達の伊東さんが教えてくれた。生まれてこの方、味わったことのない体験だ。（参考資料２－３）

　車いすで海外にひとりで出かけると、《インターナショナルお接待さん》に行き会う。ありがたい話だ。

草もちと冷茶で癒される

「イタリア・ローマで」

　ローマのスペイン広場からテブエレ川に向かうコンドッテイ通りは、高級ブランドの

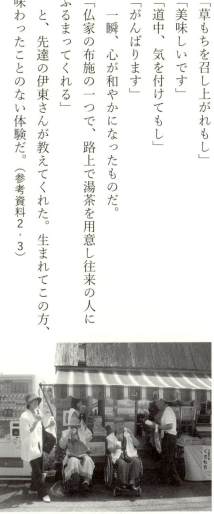

ショップが軒を連ね、大きなショッピングゾーンだ。人通りが多く、車いすを真剣に運転しないとぶつかってしまいそうだ。それにしてもローマの歩道は、上り下りの段差・障がい物で苦労する。でも味方も現われ、コミュニケーションには事欠かない。

この街道でも3人に段差でお世話になった。その中でも、

「フロン　トーキョー（東京から来ました）。ユア　カントリー？（あなたのお国は）」

「ドイチェ（ドイツ）」

とご主人の車いすを押していたご婦人とは、片言の英語で通じたから愉快だ。

歩道に乗り上げた大型バイクの革ジャンドライバー（背丈180cmはあろう）には、困った。それを目にした主婦（ベビーカーに一人、もう一人の子は手を引いた華奢《きゃしゃ》な）は、猛烈《もうれつ》に怒り始めた。

「…………。…………。…………」

早口のイタリア語でまくし立てている。内容はよく分からないが、革ジャンが頭下げ下げバイク移動を試みている所を察すれば、趣旨《しゅし》は呑み込めた。

「グラツィエ」「グラツィエ」（ありがとう）

と連呼したのが嬉しかったのか、

「スクーズィ（すみません）」と言うだけで、後は手まね身振りで話しかけてくる。

（イタリアには分別のない若者が居て困る）

（疲れたでしょう。中でお茶でも飲んで行きませんか）

そんな内容と採れた。彼女は、まん前の文房具店「H」のオーナーのジョーナさんと名乗った。店の出口でご馳走になったホット・ティーの味は、今でも忘れられない。

「ローマのスリやヒッタクリは、世襲《せしゅう》制の職業だ」と聴いていたが、ローマ人はそんなハートレスのみではないことがよく分った。

○第10番札所・切幡寺《きりはたじ》～第21番札所・太龍寺《たいりゅうじ》

切幡寺は、階段の脇にジグザグの長い長いスロープの上にあった。駐車場から坂道の入り口の10mは、でこぼこの砂利道だった。スロープは援助してもらうまでも、ここだけはがんばらないと大師さんは、巡礼者として認めてくれないだろう。そんな思いでがんばった。

寺の本堂は、切幡山の中腹、標高155mに境内があった。国指定重要文化財である大塔からの眺望はすばらしく、眼下には吉野川がゆったりと流れ、前方には四国山脈の雄大な山々が連なっていた。

長い長い急坂を下りるのは、自力では到底不可能だ。上り同様、添乗員・先達の二人がかり援助を頼まなくてはいけなかった。

「坂の途中で　サポートを止めたなんて言わないでね」

「ためしにそうしてみましょうか」

「冗談はよしてくださいよ」

「大丈夫。安心してください」

なんて冗談を言いながら、そろりそろりと下ろしてもらった。

後ろ向きで下してもらう

下りた時点で、今度はその人たちが汗をぬぐう立場だった。

○第10番札所・切幡寺から隣の第11番札所・藤井寺《ふじいでら》まで車いす自走

「ここだけは、車いす操行をさせてください」
「私も」
「私も」
「対向車がやってきます」
「気をつけます」
「これが四国の沈下橋です」
「魚が泳いでいるのが見えます」
「風が頬に当たり気持ちがいいです」

なんて声が届く。

途中、吉野川にかかる沈下橋があり、欄干のない橋は、車いす自走には、心を騒がせる場所だった。川面から届くそよ風、ウグイス・コジュケイなどの小鳥のさえずり、清らかな流れのせせらぎ等、五官を刺激し、巡礼の気持ちに加算され、さわやかな時間帯となった。

○「遍路ころがし」と呼ばれる激しい山道があった第12番札所・焼山寺《しょうざんじ》

《焼山寺道は標高40ｍの藤井寺から標高７００ｍの焼山寺に至る全長12・９㎞の歩道（山道）である。「遍路ころがし」と呼ばれる急峻《きゅうしゅん》な上りや下りが６箇所ある。藤井寺からの焼山寺道入口には〝健脚5時間、平均６時間、弱足8時間〟の所要時間の目安が書かれた標識がある》──焼山寺ＨＰより。

下半身完全まひのぼくは、タクシーに乗っていても安定性がない。カーブする車内では取っ手につかまった腕力だけが頼りだ。

境内には深さ5㎝はあろう玉砂利が敷き詰められていた。勢いをつけて漕《こ》がないと減り込んでしまう。介護者の申し出を断り、行程40ｍ区間だけ車いすでがんばった。がんばった。日没後の冷気を感じ、心地よい涼しさを背に感じた。

○ロープウエイで上がった第21番札所・太龍寺

《西の高野》と呼ばれるだけに山深い高所にあった。お参りするにはロープウエイを使う

長い長い坂道

という。高低差４２２ｍのロープウエイの先には、見上げるような本堂があった。本堂に続く階段脇には長い長い坂道があった。サポートを断った手前、自分で漕ぐより仕方なかった。坂道の途中で休憩する時も手を緩めることはできなかった。

「まだですか。まだですか」

「あと２５０ｍぐらいでしょうか」

「冗談じゃないですよ。手がしびれてきました」

「それは大変。助けに行きましょうか」

「いやいや、大丈夫です。がんばります」

「…………」

と先行く先達の伊東さんと大声で叫びあう。

暑さ寒さのない5月と言えども、あごの下から汗のしずくがぽたりぽたりと落ちて仕方がなかった。やっとたどり着いた本堂は、出来立てのスロープが迎えてくれた。ここでもサポートを断り、どうしても自力で上がり参拝したかった。本尊の《虚空蔵《こくうぞう》菩薩《ぼさつ》》は、心底から賞賛のお言葉をくださったに違いない。

○宿坊・十楽寺《じゅうらくじ》のバリアフリー

《お遍路さんの宿坊》といえば、玄関で菅笠・金剛杖を置き、大広間で雑魚寝《ざこね》するのが定番と思っていた。今回、利用した宿坊は、バリアフリーに対応していた。阿波市土成町高尾にある《第7番札所・十楽寺の宿坊・光明会館》という所だ。以前の宿坊が老朽化していたため、平成18年3月1日 鉄筋コンクリート4階建てに建て替え、再オープンしたばかりだという。

納経所の脇の出入り口は手すりつきスロープ、廊下は1間幅の絨毯張り、部屋の出入り口はキーカード式・半間幅。

3、4階が宿泊所で、部屋数は和室と洋室を合わせ計29。全部屋ツインタイプの個室で、洗面所やトイレ、風呂、テレビ、冷蔵庫付。室内の段差はなく、ベッドの高さは低い。地

光明会館の出入り口

デジ対応の壁掛けテレビは人生初めての出会いだ。
昇降設備はエレベーター。本堂へ続くスロープあり。
多目的トイレには《車いす客優先》という張り紙あり。

この他、多目的ホールとしても使用できる法要堂（約100人収容可能とのこと）、お遍路さんが休憩できる控えの間や大浴場があった。夕食、朝食会場には、イス・テーブル席を用意してくれた。（参考資料2-4）

○十楽時の住職・羯磨《かつま》秀城《しゅうじょう》さんの説法

早朝6時半、本堂で住持職との《お勤め体験》ができるという。寝ぼけ眼でスロープを利用し、出かけた本堂には、30人近くの先客が神妙な顔付きでいすに座っていた。本尊の阿弥陀如来と対座する袈裟がけの住持職が、正面に鎮座している。車いす者は最前列に位置づけられた。周囲の雰囲気に圧倒され、現《うつつ》の世界にもどった。
静寂のうちに《仏前のお勤め》が始まる。住持職の見事なテノール調の読経が、堂内の隅々まで響き渡る。昨日までの自己流の読経では、味わえない荘厳さを感じる。途中から読経の仲間入りし、大声を張り上げたのは、《大師宝号》のあたりだったろうか。

《本日の読経》

般若心経《はんにゃしんぎょう》　般若心経佛説魔……………………………

……………………………………………………

十楽寺真言　おんあみりたていせいからうん　三遍

光明真言　おんあぼきゃ・べいろしゃの・まかぼだら・まにはんどま・じんばら・はら　ばりたやうん　三遍

大師宝号　南無《なむ》大師《たいし》遍照《へんじょう》金剛《こんごう》　三遍

回向文《えこうぶん》　願くはこの功徳をもってあまねく一切に及ぼしわれらと衆生とみなともに仏道を成ぜん

回向文以外は、意味不明の読経だったが、大師様が乗り移っている住持職の後姿を拝見していると、お経の真髄《しんずい》にせまるような気持ちになってしまう。長文の般若心経は、どこで息継ぎをしてよいのか。三遍ずつ繰り返した真言は、どこの国の言葉だろうか。分からないままだったが……。分からないままでいいのかもしれない。でも、これからの霊場でのお勤めは、付和雷同《ふわらいどう》から熟慮断行《じゅくりょだんこう》の態度に変わることは確かだ。

その後、お遍路の作法を住持職は、きめ細かく諭《さと》してくださった。

□山門には仏様が迎えにくださるので、合掌し一礼する。帰るときも同様
□線香は、お祈りの中にお迎えしている仏様を香でもてなすもの
□ろうそくは、心に灯す智恵
□念珠《ねんじゅ》、右手の中指と左手の人差し指にかける。一ひねりすると擦りやすい

仏前勤行《ぶつぜんごんぎょう》後だけに、朝食は格別美味しい。バリアフリー化に関心のあるぼくは、納経所に住持職を訪ねる。

「高齢者や障がい者などの交通弱者から、札所の宿坊に泊まりたくても泊まれないという意見が、沢山寄せられました。」

「改築を機にバリアフリーに取り組みました。多くのお遍路さんに喜んでいただければ

……。」

と話してくださった。ぼくからは、

「いままでの宿坊に対するイメージが変わりました」

「おかげさまで人並みに朝のお勤めができました」

等のお礼の言葉を届けることができた。パソコン操作の堪能な住持職が、ぼくの拙ホームページを覗いてくださったのには感激した。

住持職からいただいたパンフレットには、次のように書かれていた。

《人間の持つ八つの苦難（生・老・病・死・愛別離・怨憎会《おんぞうかい》・求不得《きゅうふとく》・五陰盛《ごかげもり》）を離れ、十の光明に輝く楽しみ（極楽浄土に往生する生が受ける十種の快楽）が得られるようにと、寺号を「光明山 十楽寺」と名付けた》

まさしく交通弱者に十種の楽しみをくださるお寺であり、それに相応しい宿坊に思えてならない。何か、一筋の光明をいただいたような気がする。

●《観光》踊る阿呆・見る阿呆

リフトタクシーを利用し、徳島市の眉山《びざん》近くの「阿波踊り会館」に出かけたのは、お遍路中の５月初旬だった。20時、開演とのことだった。会館は、１Ｆにみやげ物屋、エレベーターで上がった２Ｆが、「阿波おどりホール」だった。入場料（大人７００円、小・中学生３５０円）は、障害者手帳を提示したら無料にしてくれた。固定席に座れない車いす者には、固定席の前部分を提供してくれた。緞帳《どんちょう》の下がった薄暗い右袖では、踊り囃子《はやし》の面々が音の調整に励んでいた。

チン　チン………〈鉦《かね》〉

ドーン　ドーン………〈たいこ〉

ジャン　ジャン………〈三味線〉

ピーヒョロ　ピーヒョロ………〈横笛〉

目を閉じ聞き入ると、すでに阿波踊りの世界だ。

緞帳が静かに開き、スポットライトに連動し、手先を高く掲げる女衆の踊りが、一列に並んで登場する。「ヤットサー　ヤットサー」という掛け声、手さばきは、優雅という言葉に尽きる。

手提灯を斜めに掲げ、腰を落としやってきた男衆の踊りは、「ヤットサー　ヤットサー」

という掛け声が一段と大きく、頼もしさを感じる。
司会者は、中年女性特有の逞しさがあり〈踊りの生い立ち〉〈囃子楽器〉〈女踊りの特徴〉〈男踊りの特徴〉などジョークを交え、解説してくれた。
400年近くの歴史を持つ徳島市の阿波踊りには、有名連と呼ばれる「連《れん》」が多数あり、主に阿波おどり振興協会と徳島県阿波踊り協会のいずれかの協会に所属しているという。今夜の「連」は、前者に所属し、有名連の中でも超有名な連だと司会者は胸を張っていた。連の名前は忘れてしまった。ごめん。
観客（200人?）から無作為に選ばれた6人による踊りの訓練が始まる。
「ヤットサー　ヤットサー」が格別大声な男性、
腰を思い切り引いた女性、
手足を逆に出す男性、
1小節常に遅い女性等、
みんな個性豊かだ。それを察してか、司会者が一挙手一投足をコミカルに解説するものだから、会場は割れんばかりの盛り上がりだ。最後には、踊り子の技術との距離が相当縮まったようだ。6人衆は司会者から踊りにちなんだタオルを頂き満足顔だった。それ以上に大衆の面前で見世物として登場した6人衆に対し、会場からは大きな拍手が止まなかった。

「俺たち、私たちは、阿波踊りのプロなんだよ」といわんばかしに「連」の踊り手は、自信たっぷりの振る舞いだ。「ヤットサー　ヤットサー」と叫びながら、姿態をくねらせ踊りつつ行進してくる。腕は両肩から上にあげ、腰の上下動は少ない。振りは奔放であり、何処までも底抜けに明るい。女衆だけの踊り→男衆だけの踊り→子どもだけの踊り→全員での踊りと続く。中でも、舞台袖口で突き合っていたいたずらっ子が大人顔負けに踊る姿は、威風堂々たるものだった。

女衆だけの踊り

最後は、一人でも多くの観客が参加する阿波踊りだ。43年前、徳島に出張し、踊りに参加したぼくの手足（足は動かない）がうずく。踊り手になろうと、車いすに手がかかったが遠慮した。車いす一人分のスペースが見当たらなかった。仕方なく、自席で手だけの参加となった。

帰り道、リフトタクシーの伊東さんに、その旨を話した。

「気がつかなくてごめんなさい。私がサポートに当たったのに……」

という言葉が返ってきた。

「自分から申し出ればよかったのですよ」

と、自責の念に駆られる回答をした次第だ。見る阿呆というところか。巡礼の中に、異なった楽しみを得たような気がする。


《44年前》眉山の麓のホテルで《全国数学教育研修会》が5泊6日で行なわれた。研修内容が高度過ぎ、よく分からなかった。いや、参加意欲の欠如ともとれる。盛夏、冷房装置のないホテルでは、団扇《うちわ》を片手に汗を拭き拭き一日の終わりを待ったものだ。徳島は、格別むし暑い所だという印象しかない。夕方、風がパッタリと止む。夕なぎだ。市民は店前の縁台で、扇子片手に夕涼みしていたのが大方だ。当時はパチンコ屋が流行っていた。店には氷の柱があり、住み心地がよかった。パチンコ屋の次に寄る所は「連」の練習所だ。綺麗な娘さんたちの手踊りの真似をするのが定番だった。確か研修の最後日が、阿波踊り本番の初日だった。研修会終了後、ホテルで用意してくれた浴衣に着替え、近くの「連」に加えさせてもらった。当時は「えらいやっちゃ、えらいやっちゃ、ヨイヨイヨイヨイ、踊る阿呆に見る阿呆、同じ阿呆なら踊らな損々……」

と唄った記憶がある。独りよがりの踊る阿呆・見る阿呆になったため、仲間入りさせていただいた「連」に多大な迷惑がかかった事を猛烈に反省している。ただ、５泊６日間は、数学の研修会よりは、パチンコ・阿波踊りの研修会に出向き、踊る阿呆に徹したようだ。

（参考資料２-５）

【参考資料】

２-１、２　四国八十八ヶ所霊場会公式ホームページ
http://www.88shikokuhenro.jp/
遍路情報、霊場紹介、読経方法、遍路心得等

２-３　お遍路の接待さん　日本のおもてなし
http://ohenro-88.com/arukihenro/omotenashi.html
お接待とは、モノだけではない、受けた時のルール他

2-4　四国霊場八十八箇所車椅子めぐり

http://haruurara.ftw.jp/

車いすトイレ、自家用車での案内（スロープの在り処等、バリアフリー情報を発信

2-5　阿波おどり会館

http://www.awaodori-kaikan.JP/

施設紹介、阿波おどり実演、利用料金、アクセス等

＊車いすトイレの有る札所は、2番、4番、6番、7番、8番、9番、11番、13番、19番、20番、21番、23番。（筆者確認）

第3章　まだまだ観光気分だった2回目の巡礼

平成21年12月1日〜6日［徳島県・高知県・愛媛県］

○写経による巡礼はきつい

高知県の霊場は「修行の道場」と呼ばれている。修行とは「悟りを求めて仏の教えを実践すること。托鉢《たくはつ》をして巡礼をすること」（広辞苑より）と書かれている。

2回目は　高知県を中心に悟りを求めていったが、風光明媚な高知県のこと観光気分から抜けることはできなかった。

5月の阿波編の旅の催行者から、続編の土佐行きを12月初旬に実施したいという話があった。12月1日~6日の6日間だという。困った。困った。長すぎる。催行者と話し合い、3日目から参加することになった。それにしても、徳島で同行した皆が待っているだろうなあ。参加者が少なくなって、催行中止になってしまわないかなあ。そんな気苦労が頭をよぎる。

12月3日の午前中まで　徳島県で残された第20番札所・鶴林寺《かくりんじ》から高知市の第30番札所・善楽寺《ぜんらくじ》まで巡るという。

巡礼には、実際に寺を巡り、読経《どっきょう》する場合と、写経《しゃきょう》し、それを代理参拝人に託す場合があるという。自宅で10寺分（第21番札所・太龍寺は読経済み）の写経が、連日、自宅で始まった。平素、毛筆習字にうといぼくには、ハードな時間帯となった。

観自在菩薩行深般若波羅蜜多時………

延々と続く意味不明の般若心経を書き下ろすことは、多くの時間を要した。毛筆ゆえ途中で消しゴムの世話になれない。何枚ごみ入れに移動させたことか。でも時間が経つにつれ、筆の運びが、スムーズになったきた。写経の功徳《くどく》によって、極楽往生ができると、写《しゃ》経　観念文《きょうかんねんぶん》に書かれている。現代の医学的見地からみても、写経や読経が自己の治癒《ちゆ》力を高める効果をもたらすという。この調子だと、年賀状の表書きは毛筆を使用したいという

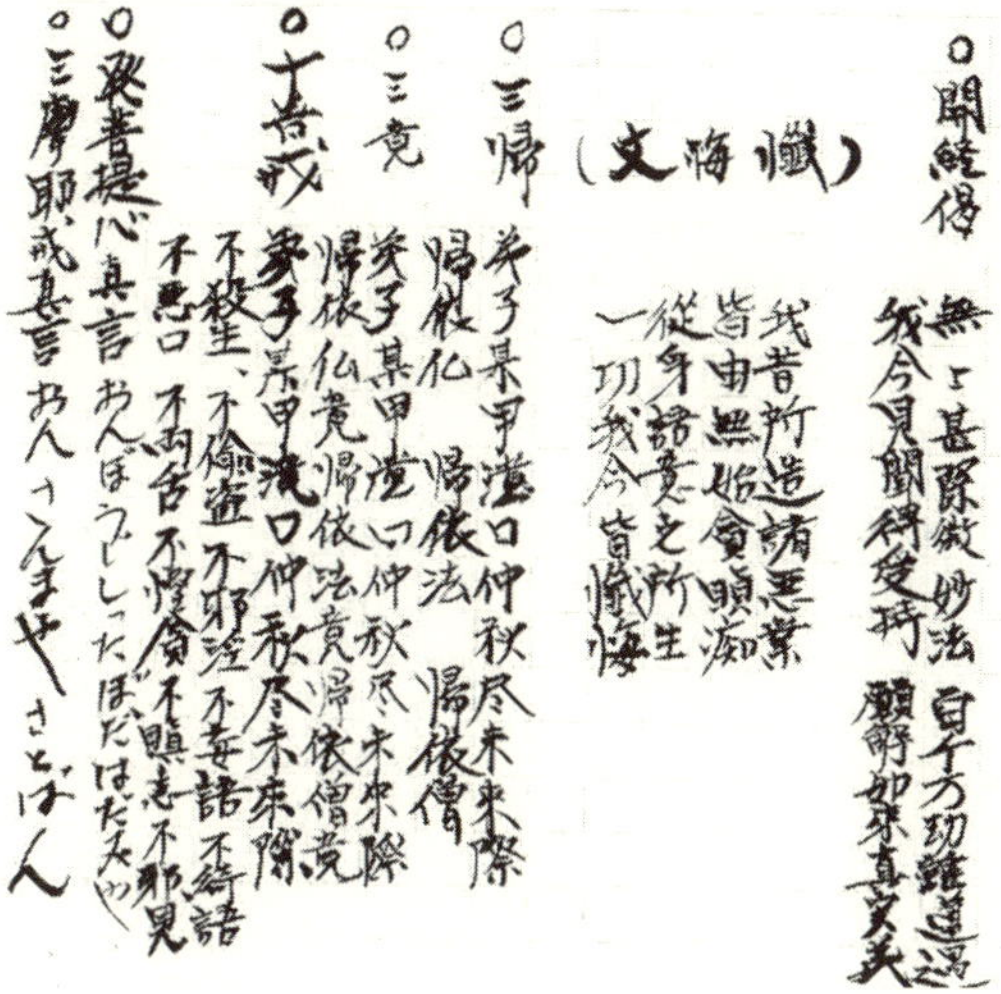

仏前のお勤め

合掌礼拝

○開経偈　無上甚深微妙法　百千万劫難遭遇　我今見聞得受持　願解如来真実義

（懺悔文）　我昔所造諸悪業　皆由無始貪瞋痴　従身語意之所生　一切我今皆懺悔

○三帰　弟子某甲　盡未来際　帰依仏　帰依法　帰依僧

○三竟　弟子某甲　盡未来際　帰依仏竟　帰依法竟　帰依僧竟

○十善戒　弟子某甲　盡未来際　不殺生　不偸盗　不邪淫　不妄語　不綺語　不悪口　不両舌　不慳貪　不瞋恚　不邪見

○発菩提心真言　おんぼうじしったぼだはだやみ

○三摩耶戒真言　おんさんまやさとばん

写経（前部）

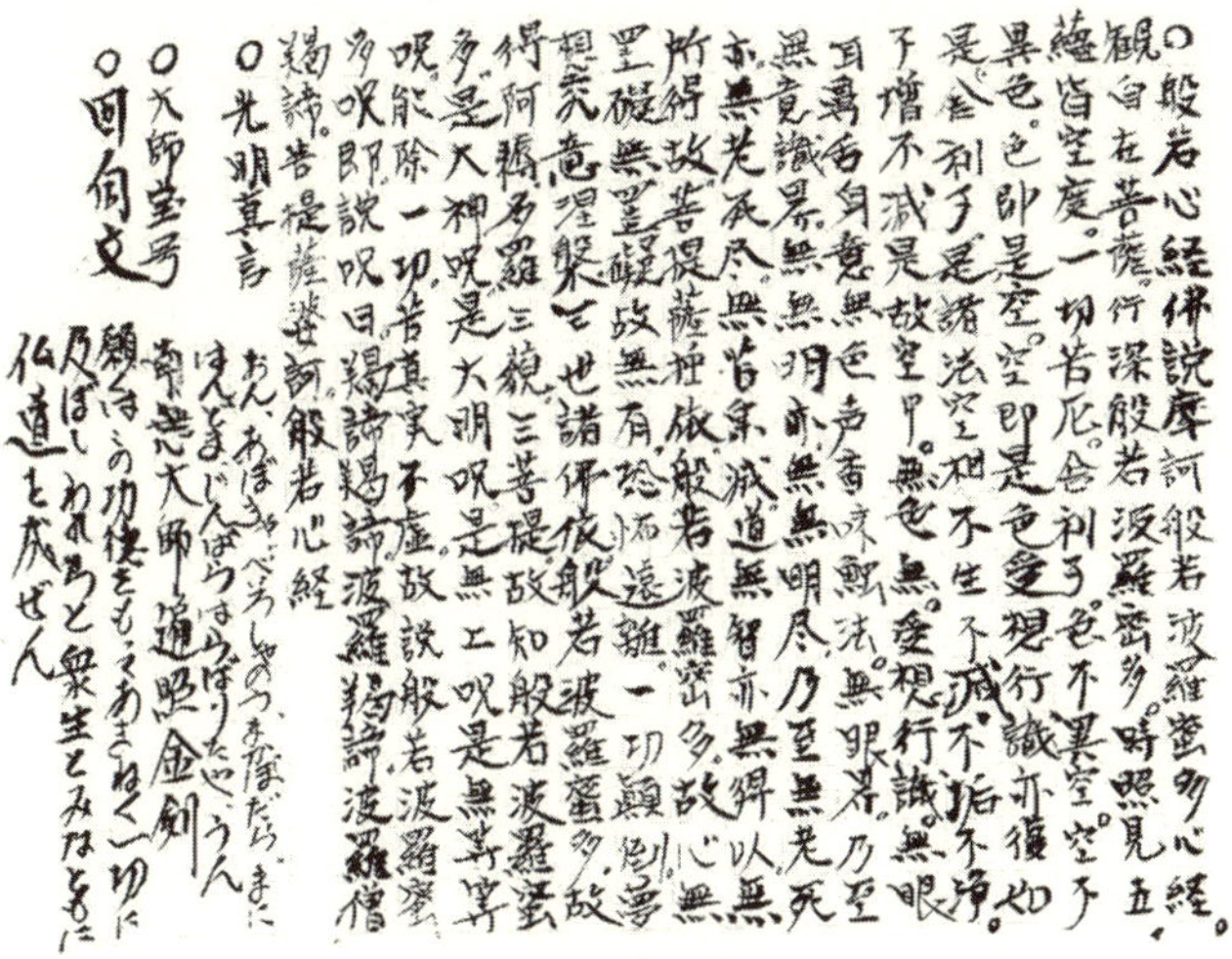

○般若心経　仏説摩訶般若波羅蜜多心経。観自在菩薩　行深般若波羅蜜多時　照見五蘊皆空　度一切苦厄。舎利子　色不異空　空不異色　色即是空　空即是色　受想行識　亦復如是。舎利子　是諸法空相　不生不滅　不垢不浄　不増不減　是故空中　無色　無受想行識　無眼耳鼻舌身意　無色声香味触法　無眼界　乃至無意識界　無無明　亦無無明尽　乃至無老死　亦無老死尽　無苦集滅道　無智亦無得　以無所得故　菩提薩埵　依般若波羅蜜多故　心無罣礙　無罣礙故　無有恐怖　遠離一切顛倒夢想　究竟涅槃　三世諸仏　依般若波羅蜜多故　得阿耨多羅三藐三菩提　故知般若波羅蜜多　是大神呪　是大明呪　是無上呪　是無等等呪　能除一切苦　真実不虚　故説般若波羅蜜多呪　即説呪曰　羯諦羯諦　波羅羯諦　波羅僧羯諦　菩提薩婆訶　般若心経

○光明真言　おんあぼきゃべいろしゃのうまかぼだらまにはんどまじんばらはらばりたやうん

○大師宝号　南無大師遍照金剛

○回向文　願くはこの功徳をもってあまねく一切に及ぼし　われらと衆生とみなともに仏道を成ぜん

写経（後部）

前向きの気持ちになるかもしれない。写経文は、1式《ろうそく、線香、納札、賽銭（5円硬貨）、納経帳、証としての朱印料（300円）》と一緒に、20組分（10寺分の本堂、太師堂）を催行者に事前に届けることができた。

○写経をせざるを得なかったわけ

長期の旅は苦手だ。排せつ機能が劣り、下剤を飲まない限り排せつできないからだ。2日目ぐらいは人並みに飲食できるが、その後は日を追って食欲が細くなる。この期の旅は、4日間がタイムリミットだ。途中で下剤にお世話になれば、いつウンチが飛び出てくるか分からない。しかも、し終わるのに半日かかる。同じ病の友人が自作本のタイトルに、「ウンチが口から出るといいなあ」とつけている始末だ。海外旅行でも連泊のあるツアーに参加するが、半日　トイレの便座に座り、午後、タクシーでツアー参加者に加わることにしている。または、連泊の場合は、参加者の帰りをホテルで待つことにしている。

今回は、徳島県、高知県、愛媛県を6日間で巡るコースだ。3日目の正午には、高知空港近くに着くそうだ。

「2日目に関係する行事が入っているので、今回のツアーには行かれません」

「3日目から参加しませんか。高知空港に11：00着のJAL493便があります。11：40に到着の改札口で待っていますよ。お昼をご一緒しましょう」

「全部の寺をまわらないと結願できないのでしょう」

「病気や仕事で一部まわれない時は、写経による手もあります。写経の仕方は……」

「写経は大変なのですねえ。でも、写経でがんばります。３日目からツアーに参加させてください」

　と、ウンチの話はできないので、別の理由で話を成立させた。

○やっぱり、巡礼は仲間と一緒がいい

「しばらくぶりです」

「元気で何によりです」

「滝口さんとご一緒できて安心です」

「おひとりですか」

「1年前の第1回目の巡礼は、主人と一緒にお世話になりましたが、主人を亡くしましてね。今回は、ひとりでまいりました」

「それは、それは、ご愁傷《しゅうしょう》さまです。バリー島で車いすのご主人がマンゴーを美味しそうに食べていた姿が思い浮かんでまいります」

「……」

12月3日、羽田飛行場・待合室で、かって海外旅行をご一緒した福島の八幡さんと出会った。八幡さんは、以前車いすのご主人とお遍路旅を徳島県だけ済ませてあるという。旦那さんをその後亡くし、今回からお一人でぼくたちとお遍路旅をご一緒するという。

高知竜馬空港には、徳島で同行した巡礼集団・9人（巡礼者6人・先達者2人・添乗者1人）が手を振って出迎えてくれた。交通不便な徳島の寺を苦労して巡った同士との再会だ。とちらともなく近寄り肩を叩き合い旧交を温めた。

午後から4日かけて、第31番札所・竹林寺《ちくりんじ》→32番札所・禅師峰寺《ぜんじぶじ》→33番札所・雪蹊寺《せっけいじ》→34番札所・種間寺《たねまじ》→35番札所・清龍寺《きよたきじ》→36番札所・青 龍寺《しょうりゅうじ》→37番札所・岩本寺《いわもとじ》→38番札所・金剛福寺《こんごうふくじ》→39番札所・延光寺《えんこうじ》→40番札所・観自在寺《かんじざいじ》→41番札所・龍 光寺《りゅうこうじ》→42番札所・

仏木寺《ふつもくじ》→43番札所・明石寺《めいせきじ》→松山空港と巡るという。実際には、参拝時間の関係で、41番札所・龍光寺→42番札所・仏木寺は次回にまわった。

高知市から土佐湾沿いに進み、愛媛県の宇和島《うわじま》近くまでの長距離だ。シルバー車いすのぼくは、元気で愛媛県入りができるか。長時間、タクシーの座席に縛られ、既にできているジョクソウが大きくならないか……。心配事が次々と浮かんでくる。行く先々、本尊様に無事でお勤めができるようお願いしよう。

今回は、まだ訪れていない四万十《しまんと》川、足摺《あしずり》岬などの観光も楽しみだ。

空港から一歩でたら、一面のコスモスの花が、「その身体でよく来たな」と歓迎しているようだ。さすがに南国土佐だ。12月というのに、フレームの入り口から、マンゴー、イチゴ、みかんなどのたわわな実が、時々顔を出す。

○バリアフリー化された第33番札所・雪蹊寺

高知市長浜町《ながはままち》にある寺。駐車所右隣にスロープあり。挑戦しようとしたら、ジャンボタクシーの運転手・先達の伊東さんが、

本堂へ

「寺の参道です。行ってもいいですが、少し、段差があります。寺の山門は人力であげますよ」

と教えてくれた。

階段先の境内は、噂のとおりバリアフリー化された所だった。境内の通路、本堂へのスロープ、車いす対応のトイレはその一端だ。本堂は新しい。本堂の新築時、改善されたのだろう。納経所で住職が教えてくれた。

「本堂新築は6年前です。一段、広くなっている納経所近くの歩道は、昨年作りました」

「車いすトイレも利用してみてください」と。

年々、バリアフリー化が進む札所があることを知った。スロープは、世にいう「千葉県福祉まちづくり条例」で示された、傾斜度1／12以下のようだ。そして滑り止め用のぎざぎざ模様が入っていた。手すりも完備。車いす対応トイレには、達筆な文字で使用方法が書かれてあった。そのおかげで運慶《うんけい》・湛慶《たんけい》作の薬師三尊に出会うことができた。
徳島に続いて2回目の巡礼になったぼくには、自分の意志で自由自在に移動でき、その分、心に余裕ができたのか、本堂前では、松葉づえ・車いす使用の女性（津田さん・山本さん）の振舞なんて眼中になくなってきた。邪念を振り払うため、一心不乱にお勤めをしようとした。お勤めの順番はかろうじて覚えたが、中身はまだおぼつかない。

《本堂でのお勤めの順番》
手洗いで　手を洗い、うがいする
本堂下で　手を合わせ、一礼する。ろうそくを灯し、その火から線香3本に火を移す
本堂上で　線香を立て、札を納め、お賽銭を上げ、鈴を鳴らす
本堂下で　読経する
本堂下で　手を合わせ、一礼する
（大師堂でも同じお勤めをする）

（参考資料3‐1）

○土佐湾が一望できた第35番札所・清瀧寺

この寺は、山の中腹にあり、遠く高速道路や国道からも見えた。でも山に入ると急な狭い道だ。しかもジグザグと曲がっている。対向車が来るものなら、遠くまでバックを強いられる始末。バスで遍路を巡っている人たちは山門からタクシーで乗り換えて登ってきたという。ジャンボタクシーの窓にはたわわに実ったみかんがせまってくる。高価な高知文《ぶん》旦《たん》だそうだ。食べてしまおうかと邪念が襲う。でも巡礼の身だ。そんな邪念が浮かぶ事態、困ったものだ。行く先々の本尊様に罪滅ぼしをしよう。

福島からきた八幡さんは、早朝、ホテルから歩き遍路を開始し、文旦畑を通って上がったのだろう。すでに、天空の境内で　手を振っているではないか。毎朝、ジョギングに明け暮れているというからもっともな話だ。

本堂に上がる階段右に、急坂のスロープがあった。添乗員・薄井さんが、溝《みぞ》（清滝から流れる水）、石畳など難所と闘いながらサポートしてくれた。

「溝の水を飲ませてくれますか」

「きっとご利益がありますよ」

「美味しい　美味しい」

「ぼくも飲もう」

「ペットボトルに汲み入れ、バスの中で皆に飲んでもらうんだ」

なんて、薄井さんと会話した。清滝の水は歯にしみるほど冷たかった。苔の香りがした。

展望台（寺の反対方向）からは、眼下に１８０度、土佐市街が映し出され、中央に仁淀川大橋があった。遠くに、カーブを描いた土佐湾か霞んで見えた。

突然、先達の伊東さんが、大声で叫んだ。

「ここに来てみなさい。この時間帯しか見えません。本堂と大師堂の間にある薬師如来の頭部をご覧ください。五光が指しているでしょう。」

「本当だ」「本当だ」

「瞬間的にしか見えないようですねえ」

確かに五光がある。朝日を浴びて一筋の光が存在するのだ。伊東さんは
「あそこにダイヤモンドがある」

「みなさんご利益がありますぞ」

なんて珍説を述べていたが……。見とれているうち、中型のジャンボタクシーが上がっ

てくること。上がってくること。細道なので、大型バスは登ってこられないのだ。境内には立派な消防車が鎮座していた。市営の消防車も大型バス同様、上がって来られないのだろう。

寺の近所にイモケンピの店あり。神奈川から来た後藤さんが買うこと、買うこと段ボール一杯買い求めた。段ボールは宅配便と早変わりした。

○巡礼者は、自分に合った移動手段でやってくる

35寺も参拝すると、いろいろな手段で訪れる巡礼者に行き会う。

「ぼくが本来の巡礼者です。気候の変化に動じず、野宿し、弘法大師と二人、粛々《しゅくしゅく》と札所を目指すのです」（階段を一段一段確かめながら登ってきた歩き遍路の若者）

「仲よしのグループで楽しみながらお参りしています」（バスで麓まで来て、歩いて上がってきたご婦人）

「何日、かかろうが、自由気ままにお参りしています」（車泊できる車で巡っているご夫婦）

その他、オートバイ、自転車、セダン車、タクシー、観光バスなどを利用して参拝者も

いる。またＪＲや乗り合いバスで近くまで来て、お寺を目ざした人たちもいる。

江戸時代初期に「四国遍路」という言葉と概念が成立したとされている。その当時は前記の乗り物はほとんど存在しなかったのだろう。もっぱら歩きで、修行者や僧侶、後には庶民や窮民《きゅうみん》が祖霊供養や宗教心を深めるために自ら決意して実行してきたものと思われる。世は21世紀。だから、ぼくは、四国八十八ヶ所の札所めぐりができた。ぼくたちのように本堂の階段まで乗り入れる介護タクシーの巡礼者を、歩き遍路の若者は、遍路の仲間に加えてくれるだろうか。

○太平洋が１８０度見えるという噂の第36番札所・青龍寺

高い、高い所に本堂があるそうだ。そこからは、土佐湾どころか、太平洋の素晴らしい景観が見られるという。自力で、本堂に登れない車いす者には、天空には、終始、階段しか見えなかった。杉の古木に覆われ薄暗い。到底，賽銭所まではいけないぼくは、薄井さんに代理参拝をお願いした。代理参拝者が帰ってくるまで10数分かかった。

その間、二人連れの若者が階段を駆け上がっていった。突然、

「オーイ　オーイ」

と大声を出してしまった。若者が、尻ポケットから財布？　を落としたのだ。駆け下りてきた若者にお礼を言われた。

「サンキュウ　サンキュウ」

と。よく見たら外国から来た青年だった。代理参拝者（親ツバメ）を待ち続ける車いす者（子ツバメ）にもちょっぴり役立つことがあったんだ。やがて、子ツバメの所へ、親ツバメ（薄井さん）が、息せき切って「大空に本堂が見えた」と叫びながら帰ってきた。本堂が見えたと言った所から、さらに20数段下の納経所前で代理参拝をお願いしたのだ。代理参拝時には次の1〜4の行為を行った。

1、代理参拝者に、本堂分、太師堂分（ろうそく1本×2、線香3本×2
賽銭5円×2、納め札1枚×2）の参拝品を託す。
2、代理参拝者が賽銭をあげ，鳴らした鐘の音に合わせ、合掌する。
3、帰ってきた参拝者にお礼を言う。
4、納経所前で、先達の合図で、全員で読経をする。

大空に本堂が見えたと言っただけに、合掌していた時間は想像以上に長かったようだ。その間、子ツバメは心の中で親ツバメの助力に対し、アリガトウ、アリガトウと叫んでいた。

○唐破風の本堂、43番札所・明石寺

愛媛県西予市にある源頼朝ゆかりの古刹《こさつ》・明石寺を訪れたのは、木枯らし舞う寒い日だった。上る途中、薄井さんが寺に駐車場の許しを電話で問い合わせた。

「お遍路には、障がい者も健常者も区別はありません。とにかく上がってきなさい」

という回答あり。いかにも仏教的発想だ。そうは言うものの寺院用駐車場を提供してくれた。

そこから本堂までは粘土質のスロープだ。納経所前を通り仁王門までは、厚い砂利を敷き詰めてある。前輪

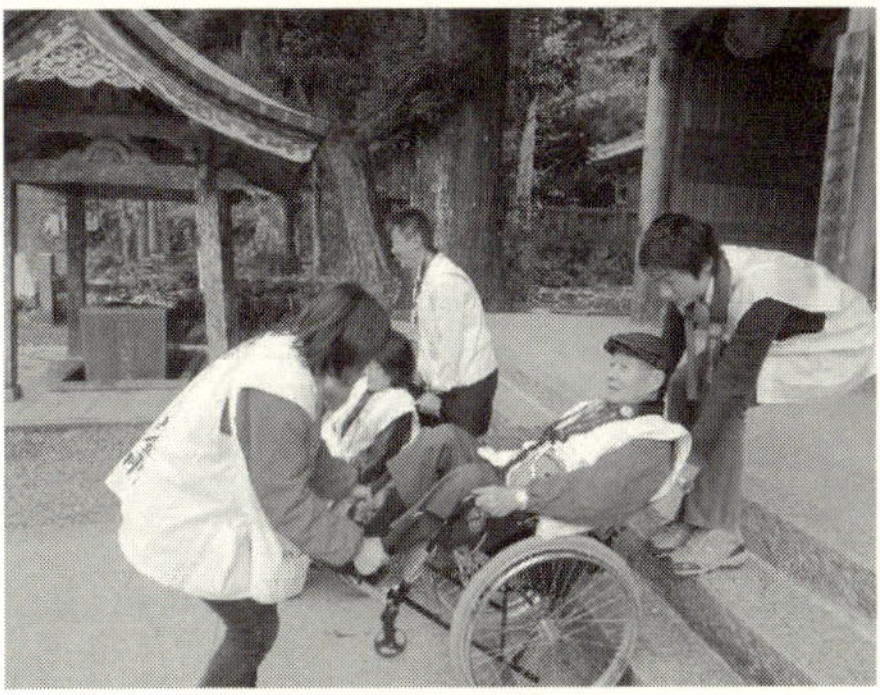

明石寺山門前

を持ち上げ持ち上げ10㎝ずつ前進する。仁王門は、二人がかりで持ち上げてもらう。後ろから押す女性は兵頭さんの付添のお嬢さんだ。機会あるごとに兵頭さん以外の車いすのサポートに当たってくれた。特に、立つこと、歩くことのできないぼくは、行く先々、格別、お世話になった。お世話になっている間、大声でアリガトウ、アリガトウの連発だ。

本堂の屋根は、唐破風づくりの見事な反りを見せていた。本堂前の階段下で、最後のお勤めを心を込め、本尊・千手観世音菩薩《せんじゅかんぜおんぼさつ》に願った。

御真言（おん　ばざらたらま　きりく　そわか）から始めた読経は、境内の古木にこだまし、見事なハーモニーを醸《かも》し出していたようだ。

今回の無事なる巡礼と次回の再会を期し、一行10人（カメラマン一人）の記念撮影をした。

○愛媛入りした5日の夕食は大宴会となった

東京都在住の兵頭さんは、愛媛県の出身とかで、親戚・友人12名が夕食の仲間入りした。聞くところによれば、東京で生活するのに、兵頭さん宅を居住地にしてもらったり、就職をあっせんしてもらったりした面々だそうだ。

「お元気になって何よりです」

「東京では、大変お世話になりました」

「今、地元で会社を経営しています」

「子ども3人、孫5人になりました」

「一杯どうですか」

「……」


兵頭さんの所に次々とやってくる。

大病した兵頭さんの元気な巡礼姿を見て大変喜び、愛媛の民謡「伊予節」まで飛び出す始末。時間が進行するにつけ、夕食は、大宴会に発展した。

仲間入りした面々から、兵頭家は由緒ある名家であることを聞き出した。《司馬遼太郎の名著「街道をゆく」に登場する山城の城主。病魔に襲われる前は、優良な企業体の社長さん》だったとのこと。ぼくのような平民が、旅を共にしてよいか考えてしまう。

同行二人での遍路修業中、お大師《弘法大師》様が、12人の仲間をお連れし、宴会文化を作りだしてくれたと考えずにはいられない。

●《観光》日本最後の清流・四万十川

・根岩の上に丸石が積み重なっている澄み切った川底
・開発の手が入っていない亜熱帯植物だけしか見えない自然林
・浮雲がゆっくり流れるでっかい青空
・自然林・青空をそのまま映し出す水面

そんな一望千里《いちぼうせんり》の風景が、脳裏をよぎった。12月初旬、四国お遍路で、四万十川の屋形舟に乗せてもらう。

四万十橋（赤鉄橋《あかてっきょう》）を右折し、川堤を進んだ。自動車の交叉できない九十九折《つづらお》りの道だ。福井タクシーの運転手・伊東則男さんは、

「船宿に行く近道です。信号は一つもないんですよ。任せておいてください」

と自信気に言う。不安が付きまとうが降りるわけにはいかない。でも地元業者でなくては案内できないスリル満天のコースだった。本道は、四万十川の右側だが、あえて左側走行を試みたのだ。

佐田沈下橋《ちんかばし》の畔に、目的地の〈屋形舟《やかたぶね》　さこや〉があった。沈下橋の上で、作務衣《さむえ》姿の

主人・荒《あら》さん　こと荒地《あらち》さんが待ちわびていた。「ようこそ　ようこそ」と言葉を発していた。欄干《らんかん》のない狭い橋を渡るのは、気分のいいはずがない。

「屋形舟まで行けますかねえ」

「車いすごと担ぎ上げますよ」

「屋形の中に入れますか」

「首をすくめてください。車いすのまま入れます」

ごろごろしている玉石の上を二人（薄井さん・伊東さん）がかりで、運んでくれた。荒さんのご二男（小学校6年生）が心配そうに眺めていた。近くにあった菅笠を被り、舟下り気分を盛り上げた。屋形舟に乗ったのは、最上川《もがみがわ》下り以来10年ぶりだろうか。

師走というのに、無風で、窓を開けても寒さを感じない。水面を渡ってくる微風は、むしろ心地よさを届けてくれる。浅瀬の川底には、突然の訪問者に驚く鮎の群れが見える。川面は屋形舟が作り出す波動のみだ。目をつぶると、ピーッ　ピーッという小鳥の囀り、ポン・ポンという屋形舟のエンジン音だけが耳に届く。時には、鮎の飛び跳ねる音、小鳥の飛び立つ音がかすかに聞こえるだけだ。静かだ。静かだ。自然の摂理に従って生きられる世界もあったんだ。

曲がりくねった川は、絶壁と砂洲が交互に目を楽しませてくれる。２km？　上流の「三《み》里《さと》沈下橋」を見届け、船はUターンした。突然、バタッ、バタッと水上を駆けめぐる羽音がする。カイツブリだという。鷺《さぎ》が小首をかしげて小魚をねらっている。禽獣草木《きんじゅうそうもく》の豊富さには驚くばかりだ。荒さんは、時々、エンジンを止め、四万十川の宣伝に懸命だ。

「四万十川には支流も含めて47の沈下橋があり、県では生活文化遺産として保存していますよ」

「アカメ（ミノウオ）・サツキマス・カワムツ・ウグイ・アカザ・ウナギ・ドンコなどの魚類がいます」

「アカメは目の瞳孔がルビー色に輝くのでこの名があります。また鱗が非常に固くて剥《は》がれにくいことから〈ミノウオ〉の異名があります」

「昔は、石をめくりさえすれば何匹ものウナギがいましたが、現在では激減しています。その大きな原因は、ウナギの遡上期《そじょうき》に沿岸や河口で養殖用のシラスウナギ漁があるからでしょうねえ」

荒さんは、

「近頃は、めったに鮎はかからないですよ」

と、前置きしながら、へ先で投網漁を実演してくださった。投網漁で生計を立てているだけに見事な円形を作り出した。前置きの通り、空漁に終った。採れた鮎は七輪であぶってくれる約束だったが……。私には、わざと網目の大きい網を使用したように思えてならない。川底には５㎝ぐらいの稚魚が右往左往していたからだ。自然を大切にする漁師の一面を見た気がした。

見事な円形を描く投網

《四万十産の天然うなぎを食べるのが私のゆめ》という旅の同行者（１本杖、車いす使用の男性・神奈川県の後藤さん）。それを賞味するには、前もって予約とのこと。うな重には、天然うなぎ（幻のうなぎと言われる四万十川の天然うなぎ・コケ色の背中に黄金の腹が特徴）の他、養殖うなぎがメニューにあるという。天然うな重は高価（３３００円）だったが、後藤さんと同じ心境になってしまった。

ぼくだけではない。同行者全員天然ウナギとなった。

ゆっくりゆっくり噛みしめて食べたのは、もちろんだ。普通の蒲焼と異なり、高価な蒲焼は、小ぶりだったが尾頭付きだった。貴重なんだろうなあ。車いす集団だったせいか、荒さんの奥さんが、鮎の煮つけ、ゴリ（ハゼの仲間チチブの幼魚・四万十川の地方名で、ゴリと呼ぶ）の佃煮《つくだに》をサービスしてくれたことをこっそり付記しよう。

食堂の水槽には、四万十川の主・アカメが、悠々と回遊している。噂の通り目は赤い。四万十川のアカメを広く世に知らしめたのは、何といっても矢口高雄さんの《釣りキチ三平》だろう。三平になりきって四万十川の幻の魚を釣り上げたい。醍醐味だろうなあ。

> 四万十川は高知県西部を流れ、中村市を経て土佐湾に注ぐ川。長さ196km、上流部分は松葉川、下流部は渡川《わたり》とも称し、清流として知られる（広辞苑より）。

日本最後の清流・四万十川の沈下橋に車いすを位置付け、三平になりきり、釣り糸をたらしたいなあ。幻の魚・アカメが、異色な人間《車いすユーザー》に格別、興味を示してくれるかもしれない。

アカメでなくとも鮎1匹でもいいや。それを塩焼きにして、藻屑《もくず》ガニのすりみ汁を添え

て食べたいものだ。（参考資料3 - 2）

○亜熱帯植物に囲まれた第38番札所・金剛福寺

足摺岬にあった金剛福寺は亜熱帯植物群に囲まれていた。

《観自在菩薩《かんじざいぼさつ》行《ぎょう》深《しん》般若波羅蜜多《はんにゃはらみた》時《じ》照見五《しょうけんご》……》

と、延々と続く般若心経を唱えることは、大変な苦行だ。ここは、四国の最南端・足摺岬にある第38番札所・金剛福寺の本堂前だ。本寺は、弘任年間、弘法大師が伽藍を建立し、先手観音《せんじゅかんのん》を安置し天魔《てんま》を退かせた所だという。自分、そして友人Sさんの天魔を追い払ってもらうため、心をこめて般若心経を唱え続けた。

Sさんは、若くして企業（自動車修理工場）を起こし、やっと軌道に載ってきた矢先、血液のガンに襲われてしまった。千葉県内の総合病院で、数ヶ月、病魔と闘っている最中だ。

「四国の最果て、足摺の寺で天魔が去るように祈願して来たぞう」

「このお守りをベッドに結び付けておけ。元気になるぞう」

と、ベッドサイドで叫ぶつもりだ。

国道321号線（サニーロード）に面する山門前には数段の階段があった。山門の左寄りに自力で上がれる格好のスロープあり。宿坊の駐車場を経て境内に行ける。境内は、広大な池、ふんだんに配置された庭石があった。国立公園内のため多くの観光客がお参りに来ていた。ちらほら巡礼姿の遍路に行き会う。

37番札所・岩本寺から足摺岬の金剛福寺へは遍路道の中でもっとも長く、約110㎞歩いて3泊4日ほどかかるという。目の前の遍路さんは、歩き遍路か。バス、タクシー、自転車遍路か。39番札所・延光寺までは、これから60㎞歩かねばならないという。

ジャンボタクシーはありがたい。110㎞、60㎞の長距離の移動の苦しさを感じさせないものだ。しかも感謝の念を忘れてしまう。

●《観光》四国の最南端・足摺岬

金剛福寺を下山し、目の前に《ジョン万次郎》の銅像を見つけた。幕末期、黒船来航でも知られる日米和親条約の締結に尽力し、その後、通訳・教師などで活躍したジョン・マン（JOHN MUNG）のことだ。銅像は、お世話になった第2の故郷アメリカ「フェアヘーブン」に向けて建てられているという。

面白いトイレを発見。障がい者トイレに小児用洋式トイレにしか見えないかわいい便器があった。それとも犬・猫用だろうか。この便器は、翌日、県内の公衆トイレでも見ることができた。高知県特有のもののようだ。それにしても、高知県の車いす対応トイレの充実ぶりは、目を見張る所だ。

大・小のトイレ

足摺岬の灯台を見たかった。いや灯台の下の絶壁を見たかった。灯台周辺の遊歩道は延長2200mにも及ぶという。椿が覆い茂り、まるで椿のトンネルをくぐっているかのようだ。遊歩道は、自生木を避けて造ってある。「いのしし退治に来た」という猟師に行き会う。いのししは、車輪が4つある車いすを恐れて襲ってこないだろう。

木漏れ日や優しい風を感じながら、車いすを漕いでいると、平成八年五月、訪れた劇団俳優座公演《足摺岬》（原作、田宮虎彦「足摺岬」）のあらすじが浮かんでくる。

自殺の名所と言われる足摺岬灯台下の園地には、「田宮虎彦先生文学碑」があるという。

灯台下、80 mの断崖 （薄井さん提供）

《『足摺岬』は、世の中に絶望し「死にたい」という学生に、まわりの人々がなんとか生きる希望を持たせようとする、文字通り人間再生の物語です。そこには大人の厳しさ、優しさ、そして若者の可能性が描かれています。このごろ、あまりにも命を粗末にする事件が多く目につきます。そんな今だからこそ「生きる」ということを今一度見つめ直し、同時に、忘れかけていた日本人の姿を、この作品を通して共有していけたらと思います。最後は自殺をしようとする主人公を諭す老遍路の言葉で締めくくります。「人が生きる理由など一つあれば充分なのよ」》（俳優座公演パンフレットより）

小説『足摺岬』の一説「砕け散る荒波の飛沫が崖肌の巨巌いちめんに雨のように降りそそいでいた」が刻まれているそうだ。そこまでは、悪路のため車いす操行はできなかった。途中でジーッと目を閉じてみる。岸壁に砕ける波の音、突き上げる海風が醸し出す木々の音などが否応なく耳に届く。学生さんの《死にたいと思いながら通った椿のトンネルを通過する気持ち》《黒潮の打ち寄せる80ｍの断崖に立った気持ち》……が次々と不安さを助長する。

金剛福寺・足摺岬、共々、生命の大切を教えてくれた。帰り道、自殺をしようとする主人公を諭す老遍路の言葉を口ずさみながら、車いすを停め、金剛福寺の方向に手を合わせていた。（参考資料３‐３）

【参考資料】
３‐１　四国八十八ヶ所霊場会公式ホームページ
http://www.88shikokuhenro.jp/
霊場紹介、遍路の心得、遍路の知恵袋等

3-2　四万十川
http://www.city.shimanto.lg.jp/kanko/
流域、清流、沈下橋、天然ウナギ等

3-3　足摺岬
http://www.shimizu-kankou.com
地誌、信仰、歴史、交通、観光　等

＊車いすトイレの有る札所は、24番、29番、30番、31番、32番、33番、37番、38番、39番
（筆者確認）

第4章　ようやく巡礼気分になってきた3回目の巡礼

平成22年5月31日～6月3日［愛媛県］

○巡礼が楽しくなってきた

愛媛県の霊場は「菩提《ぼだい》の道場」と呼ばれている。菩提とは「仏の悟り。煩悩を断じ、真理を明らかに知って得られる境地」（広辞苑より）と書かれている。仏の悟りまでは会得できないまでも、霊場入りする度に、観光気分は一掃された。これが菩提ということか。ひとつひとつの巡礼の作法が、加速度的に心を込めるようになってきた。楽しさがふつふつと湧《わ》いてくるのだ。人間、生きているとはなんなのか自問するようになってきた。

○41番札所・龍光寺→……→60番札所・横峰寺《よこみねじ》

43番札所の明石寺は、前回参拝済みだ。今回は、41番札所・龍光寺→42番札所・仏木寺→44番札所・大寶寺《だいほうじ》……60番札所・横峰寺めぐりとなった。それに、東京都の兵頭さん一家の三人組が松山空港に現れない。聞くところによれば、兵頭さんたちは、愛媛県出身なので、今回の霊場めぐりは済ませてあるとのことだった。道中、いつもの巡礼者が減ると寂しいものだ。旦那さんを亡くし今回お一人で参加した八幡さんは、平坦な短距離の区間は、歩き遍路に変身した。平素、町歩きで鍛えているとか、少し早めに出発し、携帯電話でやり取りしながら追いかけてくるジャンボタクシーに乗り移るのだ。

44番札所の大寶寺のＨＰには《43番札所の明石寺からの道のりは、約80km、峠越えの難所が続き、歩けば20時間を超す「遍路ころがし」の霊場で、四国霊場「88か所」の丁度半分に当たる「中札所」といわれる。標高４９０ｍの高原にあり、境内は老樹が林立し、幽《ゆう》寂《じゃく》な空気が漂う》とある。

高知県・愛媛県の県境を越え、観自在寺《かんじざいじ》・明石寺の参拝を済ませ、先達（修験者の峰入りなどの先導者）の伊東さんの顔には安ど感が見えた。とは言っても、42番から44番までは80

km近くあったのかなあ。ぼくは、途中でトイレに行きたくなった。山の中とはいえ、車いす一人で降りていくわけにはいかない。幸いにも2時間後、コンビニエンスストアを発見、事なきを得た。障がい者旅行で添乗員を困らせるのは、トイレの在り処だ。原則的には、2時間刻みで案内してくれるのでほっとする。

○本堂が巨岩の中腹にあるという45番札所・岩屋寺《いわやじ》

標高700m、奇怪な峰が天空にあり、巨岩の中腹に本堂が埋《う》めこまれているという本堂を見たかった。山門の前に車いすを横付けすると階段の先には空しか見えない。本堂までサポートしてくれというわけにはいかなかった。薄井さんに代理参拝をお願いした。

○仲見世まである51番札所・石手寺《いしてじ》

石手寺は、松山市の中心部にあり、道後温泉にもほど近く、アーケード付きの参道には、仏具やみやげ物、名物のおやきなどを売る店が並んでいる。お遍路さんだけでなく、湯治客や観光客でにぎわっていた。ぼくも観光客の一人としてかって訪れたことがる。本堂の賽銭箱に十円玉を奉納した記憶がある。国宝の仁王門は、鎌倉時代に造られたもので、国宝に指定され、本堂、三重塔、護摩堂、鐘楼《しょうろう》、梵鐘《ぼんしょう》も鎌倉時代のもので、重要文化財に指定されているという。国宝、重要文化財の見える本堂前では、お経を唱えるお遍路の団体がいくつも見える。他団体に負けるものかとありったけの大声で読経した。本尊である薬師如来まで届いたことは間違いない。

○ここにもあった「遍路ころがし」 60番札所・横峰寺

西日本の最高峰・石鎚《いしづち》山（標高1882m）の北側中腹（750m）に位置しているという。四国霊場のうちでは3番目の高地にあり、「遍路ころがし」の最難所の一つと聞く。昭和59年に林道が完成して、現在は境内から500m離れた林道の駐車場まで車で行き参拝できる。ただし、冬期は12月下旬から2月いっぱい不通となるそうだ。500mの林道は砂利道だ。見ただけで、自力での挑戦はあきらめた。

「私に任せてください」

という、頼もしい言葉が薄井さんからあった。他人からの助力（他力）をこばむわけにはいかない。丁重に従ったのは勿論だ。

５人の車いすを次々と押す薄井さんの額には、汗が噴き出ていた。長い道中、ぼくは《アリガトウ、アリガトウ》の言葉を心を込めて連発するのみだった。

「他力」は仏語であり、「自力」の反対語である。言葉の本質をこれまでの寺で修行僧に問うてきたが、ちんぷんかんぷんで終わった。

五木寛之著『自力と他力』に、『俗にいう「他力本願」とは正反対の思想が真の「他力」である。真の絶望を自覚した時に、人はこの感覚に出合うのだ』と書いている。４回目の巡礼から、他力を確かめたいと思う。

長い長い砂利道

●《観光》小説《坊ちゃん》で有名な道後《どうご》温泉

夏目漱石の小説本《坊ちゃん》を片手に松山市を訪ねたのは、梅雨入り前の６月初旬だった。本音をいうと《四国お遍路八十八ヶ所》巡りで立ち寄った。

道後温泉駅より道後ハイカラ通りを抜けた所に小説「坊ちゃん」に登場した道後温泉本館があった。一般的な銭湯と同じ「神の湯階下《かいか》」は料金は400円と記されてあった。出入り口には階段がある。車いすユーザーにはお呼びではない。まあ《花崗岩《かこうがん》の湯壷》《15畳敷きの湯壷》からの湯気でも嗅《か》いで雰囲気を感じることにしよう。

雰囲気を感じているのを見た薄井さんは、宿泊したホテルで呼びかけてくれた。

「坊ちゃんの気分になりましょう。道後に来たら温泉に入らなくちゃ……」

「立つことのできない者には無理ですよ」

「ぼくがサポートするからだいじょうぶです」

「では甘えるかな」

近頃は、家では湯船に入ることは億劫《おっくう》になり、シャワーで済ませることが多くなった。小説〈坊ちゃん〉に登場した道後温泉本館ではなかったが、道後の湯につ

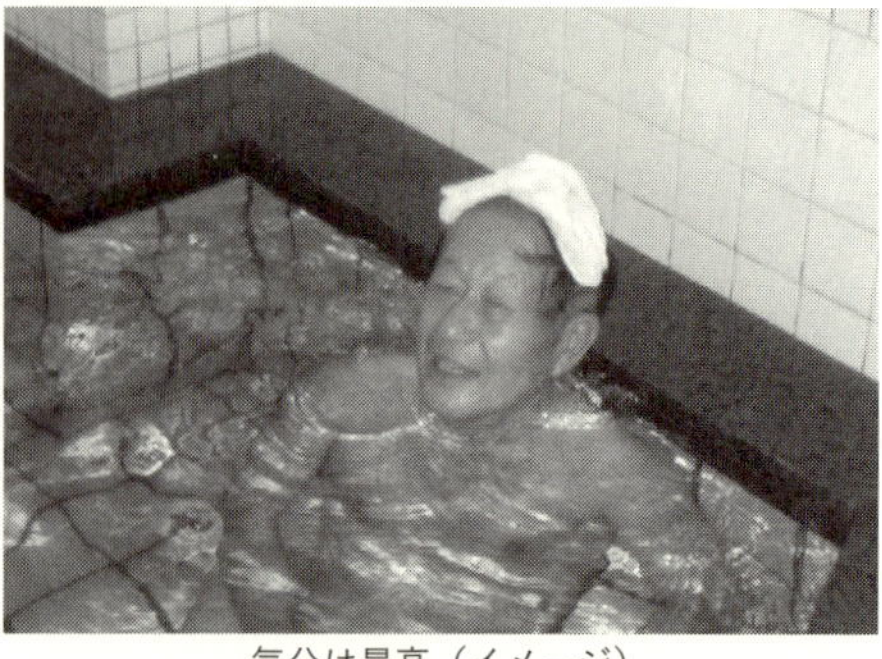

気分は最高（イメージ）

かった気分は最高だ。いつの間にか鼻歌が、出たもんだ。

バ　バン　バ　バンバンバンバン　　バ　バン　バ　バンバンバンバン
バ　バン　バ　バンバンバンバン　バ　バン　バ　バンバンバンバン
いい湯だな（ア　ハハン）いい湯だな（ア　ハハン）
湯気が天井から　ポタリと背中に
つめてぇな（ア　ハハン）つめてぇな（ア　ハハン）
ここは伊予の国　道後の湯

目に入る温泉の効能には、神経痛・リューマチ・胃腸病・皮膚病・痛風・貧血と書かれてある。下半身の麻痺解消はないが、褥瘡《じょくそう》のある身、幾分よくなったような気がするから不思議だ。（参考資料4-1）

持参した小説本《坊ちゃん》には、次のことが書かれてあった。

坊ちゃん団子の店

おれのはいった団子屋は遊廓の入口にあって、大変うまいという評判だから、温泉に行った帰りがけにちょっと食ってみた。今度は生徒にも逢わなかったから、誰も知るまいと思って、翌日学校へ行って、一時間目の教場へはいると〈団子二皿七銭〉と書いてある。実際おれは二皿食って七銭払った。どうも厄介な奴等だ。二時間目にもきっと何かあると思うと〈遊廓《ゆうかく》の団子旨い旨い〉と書いてある。あきれ返った奴等だ。

道後温泉本館近くにその団子屋〈つぼや菓子店〉があった。明治16（1883）年創業の老舗和菓子屋と看板にあった。小豆・白・抹茶の3種のだんごは上品な色合いで、甘さも控えめで5本入り525円だった。漱石は二皿も食べたという。血気盛んな頃だったのだろう。持参した本を読みながらの観察は、時代考証をするのにとても役立つものだ。

道後温泉駅の目の前に、道後温泉本館を摸した高さ７ｍの「坊ちゃんカラクリ時計」がある。その隣に明治時代、道後温泉本館で使用した「湯釜」が、足湯に復元されていた。漱石のレプリカが登場している時計、復元された湯釜を見たら、どんな感想を漱石は持つだろうか。まだ若い津田さん，山本さんは、マドンナになりたかったんだろう。近くにあった人力車で散歩に出かけてしまった。他の人たちは、二人の帰りを待つのみだった。

○とうとう奉納箱車に出会えた57番札所・栄福寺《えいふくじ》

《車いすが四国88ヶ所めぐりの寺に奉納されている》というニュースをネット（四国ネット）で知った。阿波巡り、土佐巡りで探したが行き会わなかった。行く先々で、お遍路の先達に聞いても答えは返ってこなかった。

しかし、とうとう行き会えた。第57番札所・府頭山栄福寺にあった。本堂回廊の右端にあった。住職の祖母にあたる方が納経所にいらっしゃった。

《お母さんと犬に連れられ、箱車に乗って巡礼していた足の不自由な子がいったともし。

本寺にかかる小川で転倒しちゃって、体を強く打ってしまったともし。本尊に治ることを祈ったらともし。不思議なことにそれがきっかけで歩けるようになったともし。本尊阿弥陀如来に感謝のあまり、箱車を奉納したともし。》

住職の祖母さんは、伊予なまりの見事な民話調で語ってくれた。それに魅了され、車いすにつける飾りを増やすことになった。多種多様のご利益があることだろう。

奉納箱車

箱車には自転車の車輪が３ヶ所使われている。「わが国で初めて試作した自転車は明治23年宮田製銃所で作られている。昭和3年頃、〈ラーヂ覇《は》王《おう》号〉と呼ばれる大衆車が５００万台普及されている（自転車産業普及協会調査）」。奉納された箱車は、鉄製さびがかなりある。タイヤチューブもない。おそらく、ラーヂ覇王号の部品を利用して作ったものと思わ

れる。（参考資料4-2）

【参考資料】
4-1　道後温泉
https://dogo.jp/
歴史、温泉効能、逸話・物語等
4-2　栄福寺
http://www.88shikokuhenro.jp/ehime/57eifukuji/index.html
少年の奇跡的エピソード

＊車いすトイレの有る愛媛県（伊予編）の札所は、40番、53番、54番、58番、61番。近くの道の駅には41番、42番、43番、44番。（筆者確認）

第5章　他人を思いやる場面が多かった4回目の巡礼

平成22年9月30日～10月3日［愛媛県・香川県61番札所～80番札所］

ぼくの四国88ヶ所の遍路旅は、終盤に入った。阿波の国（21年春）、土佐の国（21年秋）、伊予の国（22年春）と巡り、今回（4回目）は、讃岐《さぬき》の国を中心に、61番札所・香園寺《こうおんじ》から80番札所・国分寺《こくぶんじ》までをたずねた。松山空港が出発点で、前回、取り残した第61番札所から65番札所・三角寺《さんかくじ》をお参りし、讃岐入りした。次回の81番札所・白峯寺《しろみねじ》から高野山での結願を楽しみに高松空港を後にした。

天候に恵まれなかったせいか、障がい者同志、サポートする人とされる人等、思いやる場面が多かった。

・手を清めるのを手伝う。

・ろうそくが消えないよう手をかざし合う。
・トイレ待ちの人が濡れないよう傘をかざす。
・車いすの走らない砂地では、車いすが車いすを押す。
………

○ロープウェイを利用した66番札所・雲辺寺《うんぺんじ》

雲辺寺ロープウェイは、全長約２６００ｍ、山麓駅から山頂駅の高低差、約６６０ｍを毎秒10ｍというスピードで山頂に到着する日本最大級の規模を誇るロープウェイだという。

ロープウェイを待つ間、先達を務める伊東さんが、

「ここに来たら、これを食べるのが常道です」

と出された焼きだんごは、格別の味だった。店頭をのぞいたら、１本３００円だった。

雲辺寺参拝の名物だそうだ。白米の粉に砂糖を加えて作るだんごの生地は、ほんのりした甘さがあって時間が経っても柔らかい。甘辛い味噌ダレの香ばしい香りが食欲をそそった。

四国霊場中、最高峰にして海抜１０００ｍ、香川県と徳島県の県境にあった。左の足は、

徳島県、右足は香川県だった。そのためか、「四国高野」と称されているとか。県境に踏み入れただけに境内は坂道の連続だ。特に大師堂に行くには急坂だ。荷物を持ちあったり、掛け声を掛けあったリ相互補助の時間帯だった。空気がこんなに美味しいと感じたのは、ぼくだけではなかったようだ。

○集金した紙幣が大空を舞う

「アーッ」「アーッ」

後方から、突然、同行した運転手（スロープ付きのタクシー）さんの大声が届いた。見ると、先ほどの突風で、千円札、1万円札が10数枚、空高く飛んでいるではないか。

車いすで追いかけた。杖で追いかけた。健常者は走って追いかけた。障がい者の行動半径は限られていた。それに飛び散った千円札、1万円札はじっとしていない。更なる風で、公園の外に行ってしまった。

左足は徳島県、右足は香川県

雲辺寺のお参り後、近くの公園の食堂で、各自、好みのメニューで昼食を取った。タクシーの乗車時間を確認した後の時間には、買い物に行く人、トイレに行く人、公園内を散歩する人など自由時間を楽しんでいた矢先だ。タクシーに乗る前に、この日の巡礼する寺の納経料・一人6000円（1寺300円×20寺）を、伊東さんと同行した運転手さんが集金していた。

そこに突風がやってきたのだ。

「とんだ災難でしたね」

「うっかりしていました」

「回収できましたか」

「大方、回収できました。お世話になりました」

そんな会話を交わし、事件は終わった。焼きだんごや県境などに夢中になり、雲辺寺でのお勤めを疎《おろそ》かにしたぼくの行為に、本尊の千手観世音菩薩が、柳眉《りゅうび》を逆立てたのだろう。いずれにしても、回収できなかった紙幣は、だれが弁償したのか未だにぼくにはわからない。

ぼくにも悪しき思い出がたくさんある。旅に出ると、予期しない出来事に行き会う。車いすでもひったくりに逢った。ひいきの球団が開幕で広島カープに2連敗した翌日、何故かプロ野球を無性に見たくなった。

「車いす持久走の限界に挑戦と兼《か》ね、独りで広島に行こう。」

と思い、出かけたのだ。旧広島球場の車いす席は外野ポールの近くだった。9割5分近くの大応援団の広島に負けず応援した。応援団長にガム2枚もらった。ひいきチームの試合結果は1日目惜敗《せきはい》、2日目大勝だった。

このまま、宿泊地のホテルに直行しての一人寝は、いくら車いすでもしのびない。いや人並みに勝利の美酒に浸《ひた》りたかったのだ。屋台の止まり木前で、中カップビールとつまみの世話になった。五月の新緑は、ほろ酔い機嫌《きげん》の頬《ほお》に快適な微風を与えてくれる。宿泊地のホテルは球場の近くだ。微風を思いきり感じたく大手町から元安橋を渡り平和記念公園に向かったのが間違いだった。

〈原爆の子の像〉近くの暗い道、何者かが近づく音がした。突然、車いすにかかっているバックに誰かの手がかかった。

「なにするんだあ」

「この野郎」

と大声を発すると同時、犯人の手首を捕まえ、歯で食らいついてやった。

「ガッチャ・ン」

逃げようとする彼の力で、車いすはひっくり返った。それでもぼくは離さなかった。最後は蹴っ飛ばす彼の力で離れてしまった。人っ子一人居ない公園内は、一目散に逃げて行った彼の後姿だけが月光に映しだされていた。


車いすを起こし、自分のペースで車いすに乗り移った。この時ぐらい惨《みじ》めさを味わったことはない。惨めさは残ったが、立ち上がろうとする気力はあったので良しとしよう。今後も失敗をともなう背伸ばし人生を求めれば、危険がつきものだ。立ち上がれる危険は歓迎したい所だ。

宿の明かりにかざしたら、ひじに少量のかすり傷が残っただけだ。「警察に……」と考えたが、バッグもぼくも無事だし、この事件は自分の胸の奥に収めておくことにした。それにしても、車いす姿の最高の武器は、自分の歯だとわかった。今ごろ犯人は手についた歯型を見ながら、車いすを襲ったことに後悔の念でいっぱいだろう。「ざまあみろ」と怒鳴りつけたい所だ。

○広島から来た歩き遍路と友だちに

4回も巡礼を重ねると、道中、いろいろな移動手段の巡礼に行き会う。介護タクシー、タクシー、小型バス、大型観光バス、乗り合いバス、電車、自家用車、オートバイ、自転車等の物的援助を利用してお参りしている。その他、もっぱら自分の足だけを頼りにする歩き遍路がいる。

出釈迦寺《しゅっしゃかじ》（第73番札所）↓（0・6㎞）↓曼荼羅寺《まんだらじ》（第72番札所）↓（2・8㎞）↓甲山寺《こうざんじ》（第74番札所）↓（1・6㎞）↓善通寺《ぜんつうじ》（第75番札所）の合計5・0㎞は、歩き遍路、いや車いす漕ぎ遍路を試みた。大地の中を車いすを走らせると、とても気持ちがいい。

みかん畑に囲まれた曼荼羅寺に向かう下り坂は、細い曲がり道だった。時たま自家用車や耕運機に道をゆずる。

「こんにちは」

「こんにちは」

「大丈夫ですか」

「大丈夫だよ」

「気をつけてね」

「はい」

後から来た青年と、決まり文句の問答をする。

曼荼羅寺から300m進んだら、県道48号線だった。直線道路であり歩道もない酷道《こくどう》だ。車いすの脇を対向車が、ビューン、ビューン通過する。白線で区分された人道は、耕運機が落とした土塊《つちくれ》で汚れている。その土塊が、車いすに、そして手にくっついてくる。漕ぎ遍路も苦労する。

「大丈夫ですか」

「何とかなるでしょう」

「車に気をつけてください」

「ぶつかった方が不利です。充分気をつけます」

「甲山寺までは半分来ましたよ」

「がんばります」

あまりにも行きかう車の多さを心配したのだろう《善通寺吉原《よしはら》局》と書かれた郵便局前

で、先の青年が、待っていてくれた。そして注意をうながし先に行ってしまった。

信号のない県道を横切った所で、またもや待っていてくれた。

「この先、水路沿いに行きますが、ちょっと斜めになっています」

「何とかなるでしょう」

「その先に、きつい段差があります」

「大丈夫ですよ」

そんな強がりの発言をしたが、段差の高さは、自力の限界を超えていた。

「おーい、助けてくれませんか」と遠ざかった青年に叫んでしまった。青年はニコニコしながら介護してくださった。自分から進んで他力にゆだねることを知った。

その先は水路沿いの平坦な道だった。たわわに実った稲穂に装飾されたあぜ道では、青年との会話がはずんだ。

あぜ道で高君とツーショット

・広島市から来た「高」と名のる30がらみの青年
・むき出した手足は日焼けしていた
・八十八ヶ所の礼所と別院を40日間で巡る。今回は後半の部で出かけてきた
・一人歩きをしていると、いろいろな人に出会い、人間形成に大いに役立つ
等を語ってくれた。甲山寺で速足で行動していたのは、ぼくとの関わった時間の浪費を取り戻す動作のように思えてならない。

介護タクシーで巡る者から歩き遍路をみると、《この炎天下、雨の中の道中は、大変だろうなあ》《今日はどこで泊まれるんだろう》《会話のないひとり旅はどんなメリットがあるのだろう》なんて思うことがしばしばだ。今回、青年と道中を共にし、歩き遍路の気持ちを少しは察することができたようだ。
歩き遍路の人たちは、自分たちこそ弘法大師と同行する本来の姿《同行二人》だと思っているに違いない。朝から晩まで、独りで苦しいこと、楽しいことをいろいろかみしめながら、自分の願いを胸に一心にお参りが出来るからだろう。また、四国の人々の接待を受け、知らない人との出会い、人の温かさを肌で感じ取れるようだ。雄大な自然を感じ、四

季折々の草花に出会い、季節を捉え、感じよい汗を流し、人間本来の生き様を取り戻すには最高の手法のようだ。でも、1日30㎞、40日間の歩き〈漕ぐ〉は、車いすユーザーには、〈随徳寺《ずいとくじ》をきめる〉こと疑いなしだ。（参考資料5‐1）

○2連泊した善通寺の宿坊

四国巡礼、第75番札所・善通寺の宿坊に2連泊した。宿坊《いろは会館》のホームページ（H22・9・29）には、次のように書かれていた。

・宿泊は1名様からお受けします。
・浴衣はご用意していますが、洗面具・タオル等はございません。
・ボディソープ、シャンプーは浴場にあります。
・風呂・洗面・便所は部屋毎になく共用のみです。

宿坊前は砂利を敷いてあった。しかも雨。タクシーの運転手の配慮で宿坊玄関に横づけしてくれた。車いす者でも外靴を脱がされた。エレベーターを使い、2Fにあった部屋に入った。ＨＰにはたたみの部屋の写真が映っていたが、なんとジュータン張りのフラットな空間に案内された。
・洗面所があり、下部の物いれを開けたら、自分の脚を入れるスペースがあった。
・木製のベッドがあった。ベッド間の幅を広げて使用した。
・洋服ダンスは衣紋掛けを2つ繋《つな》げて使用した。
テレビ、湯沸しセット、空調など整っていた。車いす用トイレは廊下を隔てた近くにあり、不便な宿坊生活を観念していた者の悩みを一掃してくれた。70室　２００人収容とのことだが、部屋の出入口にポットが置いてある部屋があった。ぼくの利用した部屋は、バリアフリー対応の特別室のようだ。（参考資料5－2）

夕食・朝食は、１階の食堂を利用した。

宿坊にしては期待以上のメニューだった。

風呂は最大45名入れる天然温泉で、17時から21時まで入れるそうだ。疲れがきたのか早くベッド入りしたかった。温泉入りはパスした。

○法主《ほうしゅ》・樫原禅澄《かしはらぜんと》氏の法話

宿泊者対象の朝のお勤めが、早朝6：00から御影堂《みえいどう》（大師堂）であるという。曲がりくねった廊下を進んだら大師堂入りできた。すでに40数名の先客（2日目は110名前後）が静かに待っていた。やがて法主を先頭に総勢15名の僧侶が1列に並んで入ってきた。大師像に向かい、法主を真ん中に、左側7人、右側6人の僧侶が正座した。お勤めの概略は、次のようだった。

1、法主の法話＝1日目、88ヶ所のいわれ、からすの賢さ。2日目＝近頃の小学校の努力目標、大岡越前のお教え。2日間とも、笑いを誘いながらの楽しい話だった。

2、僧侶だけの読経

さすがに毎日鍛えられているだけあって、腹の底にずしりと響く重さが伝わってくる。声質は違うが、オペラ歌手の歌にも通じる気持ち良さだった。

3、銅鑼《どら》、1人の僧侶が13回、鳴らした。

4、僧侶だけの読経

13人のうち、眼鏡使用者7人。暗い所での修行が多いせいだろうか。右側の6人は、教本を見ながら読経。修業の身か。尼さん一人。美人だった。

5、参加者全員による読経

巡礼中、常に教本を見ながら般若心経を唱えていたぼくには、般若波羅蜜多……、南無大師遍照金剛……の部分しか唱えられなかった。

6、錫杖《しゃくじょう》での加持《かじ》

空海様が使われた錫杖を頭上で振ってくれた。

7、大師様への接見

奥殿に奉《たてまつ》られている御開帳された大師像の前に進んで、手を合わせて焼香をあげた。

法話を終えた法主は、2以後、参加者に背を向け、なにかごそごそしているようだった。

2日目のぼくは、側面からの参加で僧侶たちの役柄がよく分かった。法王は、常に大師像に向かって焼香したり鉦をたたいたりし、一心不乱にお勤めの指揮をしていた。いわゆるお勤めのコンダクターだ。

参加者は、15分後、お尻をごそごそさせる人が出てきた。38分後には8割の人々が、アグラをかいだり脚を横にずらしたりするようになった。僧侶たちは、たった一人、35分後、ちょっと座位を変えただけだった。お勤めは長い時間、正座をしていなくてはいけない。

正座を強要されたことはないが、正座をすることでお勤めに対する心も引き締まるようだ。正座は苦手という人は、最初から諦めずに少しだけ頑張ってみるとよさそうだ。きっとお勤めが終わった後に、充実感・達成感で満たされることと思う。

そんな評論するぼくは、車いす上から、正座しているみなさんを高みの見物と決め込んでいた。これでは、大師の恩恵には程遠く、お遍路の一員には加えていただけない時間帯だったようだ。

善通寺は、香川県善通寺市善通寺町にある真言宗発祥の札所だ。宝亀《ほうき》5（774）年、弘法大師が当寺の御影堂の建立されている場所で誕生したとのこと。善通寺は、紀州の高野山、京都の東寺と共に三大霊跡《れいせき》といわれるだけに広大な敷地だった。こんな由緒ある善通寺に車いすでお参りできたことは、周囲の人たちに感謝するのみだ。

○悪天候だからあえて参拝する

瀬戸内海地方は、地中海性気候で、雨量は少ないと小中学生時代に教わった。でも今回の9月30日午後（61番〜63番）、10月3日午後（76番〜80番）は、大雨に襲われた。車いすユー

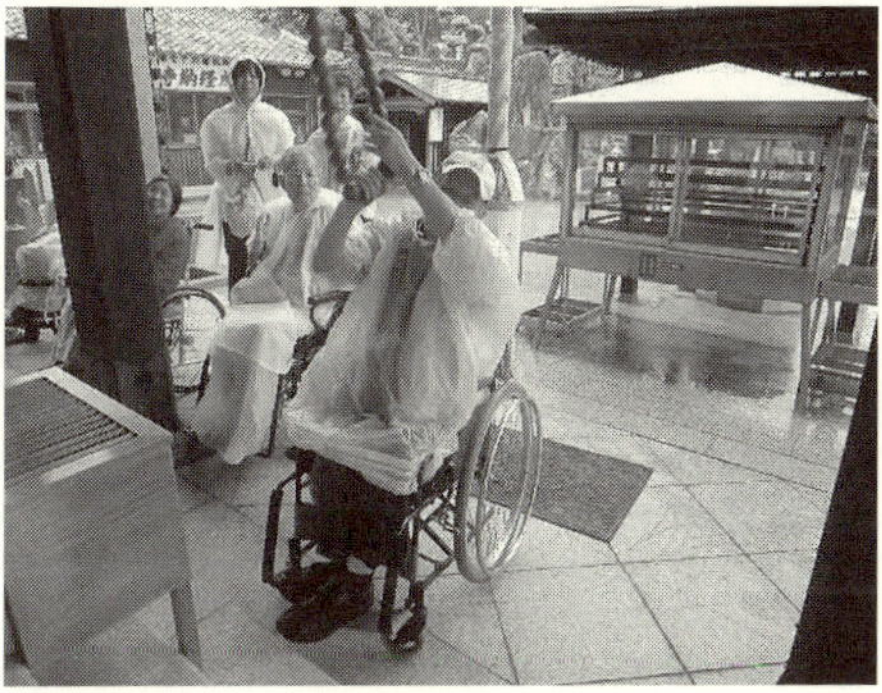
雨の中のおまいり（77番札所・道隆寺にて）

ザーにとっては、雨・雪などが降る天候は、最悪だ。雨傘の世話になれない。境内の舗装された道では手が滑るし、土砂の道ではタイヤが潜るし、自力での移動は肉体的に激しい労力を要する時間帯だ。サポートされる場合でも、サポート者は、片手で傘をさし、車いすの移動をさせるのだからこれも重労働だ。

そんな中、雨具が届かないぼくの足元だけは喜んでいた。タクシーから降りた瞬時、兵頭さんの付添のお嬢さんが

「地区で使用しているごみ袋でーす。これを足元にかぶせましょうね」

と語りながら、ぼくの足元を処理してくれた。同様に他の車いすユーザーにも呼びかけてくれた。

今までは、靴の中は水たまりで、足が冷えて仕方がなかった。ごみ袋は車いすユーザーの札所めぐりに大いに貢献してくれたようだ。悪天候は、参拝者同士の助け合いを強くすることを知った。賽銭箱に近づけない友人の賽銭（定番の5円玉）を代理で奉納した人が表

れた。読経時には、配布された資料が濡れないように、かばい合った。大雨の中だからか他の参拝集団に負けないよう読経では一段とトーンが高くなったものだ。

悪天候での参拝は、なぜかぼくたちのような生活弱者にとって一段元気になるものだ。

【参考資料】

5-1 歩き遍路　四国八十八ヶ所巡り　四国旅ネット
http://www.junpai.co.jp/shikoku88/arukihenro/aruki/
歩き遍路のよさ、費用、持物、寺間の距離等

5-2 四国霊場八十八箇所車椅子めぐり
http://haruurara.ftw.jp/
車いすトイレ、自家用車での案内（スロープの在り処等、バリアフリー情報を発信）

＊車いすトイレの有る札所は、65番、66番、74番、75番。71番は近くの道の駅。（筆者確認）

第6章　大師に心こめてお勤めした5回目の巡礼

平成23年4月19日〜20日［香川県］

○81番から88番まで四国札所結願《けちがん》の旅

香川県の霊場は「涅槃《ねはん》の道場」と呼ばれている。涅槃とは「煩悩を断じて絶対的な静寂に達した状態。仏教における理想の境地」（広辞苑より）と書かれている。凡人であるぼくには、理想の境地に達するのは最後まで無理だった。しかしそれに限りなく近づくことは大師も認めてくれたことだろう。21年春（徳島）・秋（徳島、高知）、22年春（愛媛）・秋（愛媛、香川）と続けた四国88ヶ所札所めぐりも残すところ、81〜88札所（香川）を巡って、結願となる。

残り少なくなると、一緒に読経する人の存在は薄くなる。自分だけが目の前の大師さんに向かって読経する。心を込めて一語一語、明瞭に語りかけるのだ。結願の暁には、和歌山県の高野山を訪れなくてはいけない。いや、訪れる楽しみの方が大きい。

シルバー車いすユーザーにとって、健康で、無事にお勤めができたことを、大師に向かって感謝の気持ちを心を込めてお伝えしよう。

○アクシデント発生・ぼくの大失敗

「ない、ない、………」

「どこを探してもない」

生活必需品の医療器具がないのだ。気づいたのは、羽田空港に向かうJR外房線の茂原駅近くの車中だった。引き返して、次の高松空港便にしようか。それとも予定便に乗り、行く先々で調達しようか迷ってしまった。一人行動の苦手な車いすユーザーだけに、後者を選ぶことにした。まずは、羽田空港医務室にとび込んだ。解決できず、添乗員の薄井さんに高松空港に連絡してもらったが、そこでも相手にされずだった。

空港での昼食後、高松市内の医院巡りとなってしまった。ありつけたのは、3院目だったろうか。挙句の果ては、保険扱いの有無で時間を取ってしまった。参加者一行は、ジャンボタクシー・介護タクシーの中から、心配そうに長時間、覗いている。申し訳ない気持ちでいっぱいだ。

タクシーに近寄り、旅の先達・運転手の伊東さんと話を交わした。

「時間を要するので、霊場めぐりを始めてください」

「みんな、滝口さんと一緒に参拝したいと言っています」

「あとから、流しのタクシーで追いかけますから」

「今日、明日で、81番から88番までまわれば済みますから」

そんな問答をしたものだ。

解決後、みんなの居るタクシーに戻った。タクシー内で、

「すみませんでした。すみませんでした」

と、心を込めて謝ったのは当然だ。でも不平・不満を述べた人は参加者の中には一人もいなかった。むしろ

「よかったねえ」

「一緒に参拝できるね」

「滝口さんが居ないと寂しいよ」

と、励ましの言葉が届いた。タクシーの出発は、2時間遅れだった。

この日（19日）は、83番札所・一宮寺《いちのみやじ》→82番札所・根香寺《ねごろじ》しか参拝できなかった。

次の日（20日）は、81番札所・白峯寺《しらみねじ》→84番札所・屋島寺《やしまじ》→………86番札所・支度寺《しどじ》→87番札所・長尾寺《ながおじ》→88番札所・大窪寺《おおくぼじ》と巡った。


曽野綾子さんは、『人生の旅路』という本に次のことを書いている。

「旅は変化そのものである。変化があれば発見がある。慣れない環境で失敗することもあるが、人生とはこういうことだったのか、と教えてくれるのが旅である」


ぼくの旅も失敗の連続だった。1例を挙げる。

沖縄で自動車のキーを失《な》くした時のことだ。

5月だというのに、どぎついハイビスカスやデイゴの花が車窓から飛び込んでくる。ここは沖縄まさしく南国だ。天気予報のとおり「万座毛《まんざもう》」を訪れたときは雨だった。雨合羽の世話になり、砂利道を押してもらっての見学だった。天然芝の広がる下の象鼻は、変わり果てた車いす姿をどう受け止めただろうか。

雨も止んだので、「いんぶビーチ」のグラスボートで海底を覗くことにした。車いすごと船上の人となる。さんご礁《しょう》の海はカラフルで鮮やかだ。さんごの間を数え切れないほどの熱帯魚が泳ぎまわっている。オキナメジナ、コバルトスズメなどの、チョウチョウウオ、カクレクマノミのひょうきんさが目にとまる。まるで童話の世界だ。きっと県民総出で海水の浄化に努めているせいだろう。

沖縄の日没は遅い。今帰仁村の宿に着いたのは、19時だった。夕食後、一段落して荷物整理をしたのが、良かったか悪かったのか。車や家の鍵を収納したキーホルダーが見あたらいのだ。帰路における羽田からの車の移動、自宅への出入りなどの不安が頭をかすめる。後者の不安は家人で処理できるが、前者は打つ手がない。車いすで車以外のどんなルートで帰路につくか頭が痛い。窓越しからは、雷を伴うにわか雨が耳をつんざく。旅を中止したい。でも帰れない。2泊3日の初日だ。キーを必要とする時間まではたっぷり時間がある。自分のペースで探せばいいや。

とはいっても気にかかる。祈るおもいで、これまでの足取り箇所に電話し、キーの回収に努めた。時間の推移から、個人タクシーの運転手、万座毛売店，いんぶビーチ乗船券売り場、那覇《なは》空港事務所、全日空那覇事務所の順とした。かけ終って5分もしたろうか、全日空インフォーメションセンターから〈鍵《かぎ》があったので所定のところへ電話を入れて欲しい〉との連絡が入った。そこに電話したら

「滝口さんですね。名前を言ってください。」

「ナカアキです」

「鍵は那覇空港の全日空のカウウンターで受け取ってください」

とのことだった。鍵の引き取り時も併せて、会社全体の連絡網のよさ、拾得物対処の仕方など対応方法の確実さはさすがだ。

那覇空港で受け取ったキーは、肌身はなさず身につけ、機上の人になった。

お陰で、羽田からは自分でハンドルを握り、東京湾のアクアラインを快適に飛ばし、帰路につくことが出来た。

車いすが機内荷物室に入る時、車いすのポケットからキーが飛び出したのだ。次回からはポケットの多い釣り用ベストを着用するアイデアが生れた。

○恐ろしい怪獣牛鬼が棲んでいたという82番札所・根香寺

19日にここを参拝した理由が後で分かった。ここ根香寺は、代理参拝をお願いした薄井さんが長時間返ってこないほど、山門から本堂・太師堂までの距離が遠かったのだ。しかも　参拝の鈴の音も聞こえなかった。

代理参拝者は、石段を下りたり上がったり大変だったようだ。参拝のできないぼくは、山門に帰ってきた薄井さんに手を合わせるのみだった。本堂・大師堂に参拝できなかった分を含めての読経は心を込めて行ったつもりだ。

車いすでは、山門までしか行けない所だ。ここには、人間を食べる恐ろしい怪獣、牛鬼が棲んでいたという。根香寺は、香川で最高レベルに危険とされている心霊スポットだと噂に聞く。かつての黒澤明《くろさわあきら》監督の『羅生門《らしょうもん》』という映画を思い出す。登場した藪の中の朽ち果てた門が根香寺の山門と思えてならない。根香寺はその昔、僧たちが超常的な力を得ようと修行する場として使う場だったため、人里離れた山の中にある。老木に囲まれた山門だけしか見ることができなかったという。

怪獣が棲んでいた恐ろしさのある寺に無事参拝出来たことを大師様に感謝するのみだ。

○本堂が空にあった81番札所・白峯寺

駐車場の前で、高麗門《こうらいもん》形式の七棟門が目に入った。敷居をまたぐために木製のスロープがあった。勢いをつけて這い上がった。左へすすむと宝物館や不動堂、宝庫などの建物が並んでいた。本堂・大師堂は、その手前の石段を登りつめた所にあった。見上げると、ここも、まさしく天空に存在する。

本堂分（ろうそく1本、線香3本、お札1枚、お賽銭5円）、大師堂分（本堂と同じ）の品々を、代理参拝をしてくださる添乗員に託す。私といえば階段下で添乗員が帰るまで合掌の連続だった。添乗員の薄井さんに感謝の気持ちも含めて読経にすべてを托した。

境内からは、心地よいBGM（お経）が流れ、時たまウグイスの鳴き声が、うっそうと

本堂は、まさしく天空だ

茂る老松・古杉にしみわたる。それらが、いかにも霊場らしい厳粛な雰囲気をかもし出していた。国の文化審議会は、平成29年５月19日　当寺を国指定の重要文化財に答申したと新聞報道があった。

昔、白峯山には心優しい相模坊《さがみ》という天狗が住んでいたという。夕方買い物に走る小僧さんを気の毒に思い相模坊天狗が助けてあげたという。

代理参拝だったが、参拝できてよかったなあと感じる時間帯だった。

○源平合戦の古戦場、84番札所・屋島寺

屋島といえば、一の谷で敗北を喫し讃岐・屋島へ逃れた平家を追い、源義経が嵐の中梶《かじ》原景時《わらかげとき》の制止を振り切って、背後から平家を急襲《きゅうしゅう》した所だ。学生時代は、それらの戦跡を中心に見物したものだ。壇ノ浦《だんのうら》、那須与一《なすのよいち》の扇の的、義経の弓流し等、今でも思い出す。

屋島寺は、戦跡の残る海抜２９３ｍの半島形溶岩台地にあった。国立公園内だけに、その展望は瀬戸内海随一と折り紙つきのようだ。本堂脇に「蓑山大明神《みのさんだいみょうじん》」という四国狸《たぬき》の大将とあがめられている家庭円満、縁結び、水商売の神様がいた。この神様は、屋島に異変

があるとき、事前に住職に知らせたという。

なぜか右側の狸の乳房には、乳児のキャップが被されていた。思わずひょうきん振りのポーズをとってしまった。

●《観光》讃岐うどんのとりこになってしまった

山田屋の玄関で

巡礼中、昼食と言えばうどんを食べていた。うどんと言えば讃岐うどん。その中でも東京ソラマチにある支店の本店・讃岐本陣（山田屋）に連れて行ってもらった。ただ、玄関の外までお客の列ができるほど混み合っていた。めったに食べられないと思って《釜ぶっかけ・570円》を注文した。今回を期して、更なるうどん派に傾いたものだ。せっかくだから江戸末期に建てられた銘酒「源氏正宗」元酒造家の約800坪の旧屋敷を存分見せてもらった。

山田屋だけではない。香川の旅では、山越屋《やまこしや》の釜たまうどん(250円)、あやうた製麺《せいめん》の野菜うどん(700円)も忘れられない。

ぼくは元来、そば党だが、なぜか讃岐うどんの虜《とりこ》になってしまった。うどんとの出会いは阿波から始まって讃岐まで、行く先々、味の風味が異なるのだ。とりわけ、讃岐うどんは太いが、柔らくのど越しが良いことが分かった。(参考資料6-1)

○86番札所・志度寺の接待さんと再会

志度寺境内には、海女の墓と伝えられる苔むした五輪塔が、ウバメガシに覆われひっそりたたずんでいた。

洗面所で手、口を清めていたら、脇からお手ふきを差し出した人がいた。見た所30代の感じのよい女性だった。本堂前でのお勤め後、60がらみの女性が近づいて来た。

「こんにちは。この袋を受け取ってください」

「ありがとうございます」

「このあとの日程はどうなりますか」

「明日は淡路島《あわじしま》経由で、高野山に上ります」

「私も明後日は、志度寺の檀家さんたちと高野山参りをしますよ」

「明後日、再会したいですねえ」

無理に聞き出した名前はYさんと言った。Yさん母娘は、平素、時間がゆるすかぎり境内の「接待さん」に早代わりするという。《お気をつけて　志度寺》と書かれた袋には、あめ玉2ヶ、折り鶴1羽が入っていた。早速、あめ玉を口にくわえた。母娘さんは、五輪塔の海女さんの子孫のように思えてならない。

お接待さんから頂いたもの

弘法大師は粋な計らいをしてくださる。

高野山の土産物店「数珠《じゅず》屋四郎兵衛」内で、Yさんに再会をさせてくれたのだ。店内はツアー客でごった返していたのに……。

「また、会えましたねえ」

「偶然ですねえ」

「娘も来ています。探してきましょうか」
「いや、いや、あなただけで十分です」

○とうとう結願したぞ、88番札所・大窪寺

女体山の麓にある大窪寺に着いたのは、閉山時間すれすれの16時30分だった。階段横に長いスロープがあった。本堂にも古めかしいスロープがあり、この寺は、早くからより多くの人が自力で参拝できるよう心がけていたようだ。女性の参拝が早くから許されており、女人高野とも呼ばれている由縁《ゆえん》だろう。そういえば、女性の姿が他の札所より多いようだ。スロープは女性のために作られたのかな。

88番の最後の札所・大窪寺は、願いが成就《じょうじゅ》する寺として別名、結願寺《けちがんでら》とも呼ばれる。階段下の標識には「八十

「八十八番　結願所」と彫られてあった

八番　結願所」と彫《ほ》られてあった。参拝がすべて終わった17時30分ごろの山里は、やっぱり寒い。駐車場の満開の桜も元気がないようだ。先達（伊東さん）が差し入れてくれた味噌おでんの温かさは、結願の褒章《ほうしょう》に値した。

長い、長い遍路の旅も、ここが終着・結願の寺だ。（参考資料6‐2）

○突然、結願所で歩き始めた後藤さん・兵頭さん

「ぼく、最後だから歩いてみたい」

「登れるか分からないががんばります」

本堂に向かう階段前で、後藤さんが杖で登り始めた。霊山寺から始まって以来、ずうっと車いすを利用していた後藤さんだ。1段1段全能力を注いで上がり、登りきった姿には、同行者一同感動すら覚えたものだ。第57番札所に奉納されていた箱車少年に刺激されたのかな。

後藤さん、階段に挑戦

兵頭さんが自力で挑戦（薄井さん提供）

今度は、介護タクシーを利用し、札所巡りをしていた兵頭さんが、突如、階段の手すりにつかまり登り始めたのだ。同行した奥さん・お嬢さんも驚いたようだ。事の成り行きを見ていたぼくたちからは「ガンバレーッ」「ガンバレーッ」「ガンバレーッ」「ガンバレーッ」「………」の大合唱だ。本人からは、最後の札所だから、どうしても自力で上がりたかったという。

写真には、1段1段、全精力を傾けている兵頭さん、それをサポートしている奥さん、お嬢さん、車いすを移動させている運転手さん、後部に大合唱しているぼくたちが写っていた。

【参考資料】
6-1　讃岐うどん・香川県観光協会公式サイト

https://www.my-kagawa.jp/udon
歴史、取り組み、メニュー、業態

6-2　結願所
http://pilgrim-shikoku.net/okuboji-88
結願、終わりなき旅、そして、新たな始まり《88番札所・大窪寺》

＊車いすトイレの有る札所は、81番、82番、85番、87番、88番。（筆者確認）

第7章　いよいよ大師さまに報告、高野山《こうやさん》・慈尊《じそん》院詣で

平成23年4月21日〜22日

○満願授受《まんがんじゅじゅ》のため高野山へ

88番札所・大窪寺の結願後の翌日、紀州にある真言《しんごん》宗《しゅう》総本山・高野山に向かった。弘法大師に結願報告・満願授受に行くためだ。

高速・阪和《はんわ》自動車道・和歌山北IC→大和《やまと》街道（国道24号）→笠田《かさだ》と進んだ。右に折れ西高野街道（国道480号）の険しい山道を上り始める。地図では、高野山の手前の弁天岳《べんてんだけ》は、標高984mと書いてある。

九十九折の険しい道を900m近く上ることになる。急カーブのたびに足の踏ん張りの

きかないぼくは、座席の取っ手をありったけの力でつかんだ。麓の桜は散り始めていた。中腹のそれは、満開だった。頂上にある金剛峰寺《こんごうぶじ》前のシダレサクラは、一部しか咲いていなかった。上るにつれ、気温が下がることが分かる。100m上がるごとに、0・8度下がると気象予報士はテレビで解説していたっけ。

新緑の中に突然現れたのが、見たこともないでっかい真紅の「大門」だった。説明書には「五間三戸《さんこ》の二階二層門で、高さは25・1mあります。左右には運長《うんちょう》作の金剛力士像が安置されています」と書かれてあった。

これこそ、高野山の入口にそびえ、一山の総門にふさわしい建物だ。

左に折れて進んだら、大きな盆地があった。この盆地は、総面積33万坪あるといわれる一大仏都・高野山だ。

パンフレットには『年年歳歳、この聖地に杖を引く人々は100万を越える』と書かれている。宗派にとらわれず、あらゆる階層の人々が、魂の安息所として訪れてくるのだろう。そういうぼくの家は、先祖代々、天台宗だ。お遍路は宗派を問わないというしきたりなので、巡礼の仲間入りした。

○高野山（奥の院）

中野の橋パーキングから奥の院を目指す。所要時間1時間。手始めに、企業の慰霊塔が並ぶ、明るく新しいエリアを通る。

小路に入ったとたん　風景も空気も　がらりと変わる。老杉の巨木に囲まれた薄暗い所だ。ここの石碑群は、埋葬されるお墓でなく、供養塔として建てられているそうだ。苔むす塔には、豊臣秀次《とよとみひでつぐ》とか前田利家《まえだとしいえ》という戦国時代、名をなした歴史的人物の供養塔が次々と現れる。奥の院に至る道を歩くことは単なる観光ではなく、一つの宗教的体験をすることになるそうだ。それにしても、その間を車いすを漕ぎ続ける人物を発見し、当時の大名たちは、どんな囁《ささや》きあいをしているのだろうか。

「滝口さーん、滝口さーん」

「こっちに来てくださーい」

当時の大名たちはどんな囁きあいを……

「私の説明を聞いてくださーい」

と、先達の伊東さんの大声が届いた。説明を聞かず、遠くに出かけてしまう習性をぼくは持っている。過去にも思い当たるぼくの行動が目立ったのだろう。

「ごめん、ごめん」

と頭を下げる始末。先達のやさしい呼びかけだったが、大いに反省した。先達の叱責は、恩師、弘法大師の言葉と思えてならない。

ツアーで出かけると、なぜかよく旅の添乗員に注意される。少しでも時間があると、ぼくには、大回りする習性があるのだ。過去の事例を一つ紹介しよう。
出発時間まで、まだ20分あった
韓国ソウルで最大規模を誇る東大門市場に出かけた。バスの現地ガイドさんが案内してくれた。ガイドさんが車いすのエンジン係、私が人を掻《か》き分け係の分業だ。その間、ガイドさんに教わった
「ミアンハムニダ」（ごめんなさい）
「ミアンハムニダ」（ごめんなさい）

「…………」

のことばの連発だ。

もう一つ会話が増えた。「オルマイムニカ」（いくらですか）

お陰で野球帽を５０００ウオン（５００円）で買ってしまった。ガイドさんが、

「出発時間まで、後20分ですから行きましょう」と言った。

私は、20分が惜しい気がした。〈まだ20分あるじゃないか〉と有効にすごしたいという気持ちになってしまう。

その後ガイドさんと会話した。

「ちょっと買い物がありますから先に行ってください」

「時間に間に合うように帰ってきてください」

「他のお客さんに迷惑をかけますから」

たった20分だったが、3泊4日の旅行期間中、最高に輝いた時間だった。「オルマイムニカ」という言葉を覚えたからどうしようもない。

行った先々で、「オルマイムニカ」の連発だ。時には英語の「リトルデスカント（ちょっと負けてください）」を交えながらの会話は、時間を忘れてしまう。かろうじて、発車間際の

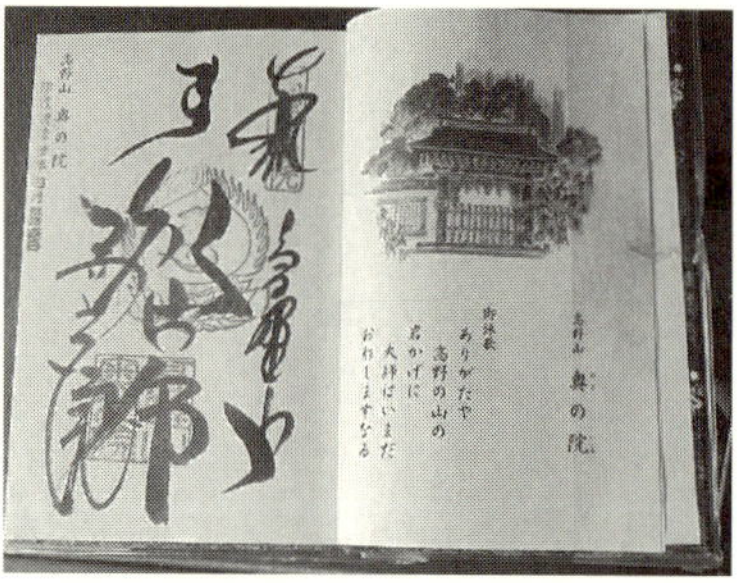

納経帳に記された奥の院

バスに乗り込むことができた。

帰路の成田までの機内で、この20分の出来事が脳裏《のうり》から離れない。「もう20分しかない。もうだめだ」という意識から、「まだ20分ある。何とかしよう」という意識に転換したのだ。

足の機能を失った者にとって「足が動かない。もうだめだ」という意識からは、生産的活動は生まれない。「まだ手(手段)がある。何とかしよう」と考えれば、夢が生まれるだろうし、理想も掲げることができよう。

見事なスロープを上がりきった奥の院の大師廟《びょう》は、数え切れない程多くの灯篭《とうろう》が、夕闇に映え、幻想的だ。山一体が霊場といわれている高野山の中でも、大師の御廟は、一段と荘厳さが漂っている。閉山間際の時刻でも、参拝者が途切れない。

こんな雰囲気の中の読経は、みんな高齢を忘れ、障がいを忘れ、心を込めて真剣さにあふれていた。まさに真言そのものだった。このように、多くのお遍路さんは、結願報告のため弘法大師が御入定されている高野山の聖地「奥之院」にお参りするのだ。

奥之院では四国88カ所の納経帳の最後ページに朱印をいただいた。（参考資料7－1）

○高野山（宿坊・総持院《そうじいん》）

夕食・宿泊は、総本山金剛峯寺の西隣、壇上伽藍《だんじょうがらん》を前に控えた格式高い宿坊・総持院という所だった。エレベーター・スロープが用意され、車いすの移動に事欠かない宿坊だ。でも玄関は階段状だ。

「玄関の階段を提げましょう」

「お願いします」

「ここの畳は下足をはいたままでいいですよ」

「お言葉に甘えます。あなたは大学生ですか」

「高野山大学の2回生です」

「良き修行者のようです。きっと立派なお坊さんになれますよ」

車いすを押してくれた若い男性と会話した。彼の一挙手一投足からは、仏門での良き修行者であることが分かる。高野山大学のＨＰには、「自分と違う他者を理解し、その他者を思いやることのできる人となれ」と、人材育成の目標が書かれている。

ぼくは、この大学生が大師様の生き写しに思えた。かんたんな階段上がりの提案をこばむことはできなかった。他力のありがたさを知ることができた。

○高野山（大主殿《だいしゅでん》→授戒堂《じゅかいどう》）

翌日、金剛峰寺の大主殿を訪ねた頃は小雨だった。新別殿で緑茶の接待を受けながら、本多隼大布教師《ほんだしゅんだい》の熱心な説明を聞いたが、次のことしか憶えていない。雨上がりを期待したが、説明時、いい加減に聞いていたからか主殿を後にする時は、本降りになってしまった。

・主殿（東西30間約60ｍ、南北約70ｍ）
・新別殿（大勢の参拝者の接待所。91畳と78畳の二間からなっている）
・柳の間（秀吉に追放され、この山に来た秀次が自刃した間）
・蟠龍庭《ばんりゅうてい》（日本一広い石庭、雲海の中で雄、雌の一対の龍が向かい合い、奥殿を守っている）

・奥書院（ふすまの絵は、雪舟の４代目雲谷等益《うんこくとうえき》とその息子の等爾《とうじ》の作）

大師教会で、熱心に授戒《じゅかい》を受けたら、雨は止んできた。

大講堂の本尊には弘法大師、脇仏に愛染明王《あいぜんみょうおう》と不動明王《ふどうみょうおう》が奉安《ほうあん》されている。

また、大講堂の奥には授戒堂があり、菩薩十善戒《ぼさつじゅうぜんかい》（日常の生活の中で実践する仏教的規範）を阿闍梨《あじゃり》さまより授けていただいた。

「ろうそくだけが見える所での読経は、心に沁《し》みりますねえ」

「私もそう感じています」

と、車いすの山本さんと囁きあった。

授戒《じゅかい》堂に並ぶ→阿闍梨さまに扮する僧がその前に正座する→堂内暗くなる。ろうそくのみ灯る→読経始まる→《菩薩戒牒《ぼさつかいちょう》》と書かれたお札を頂く→堂内明るくなる。

この過程を経れば、四国88ヶ所札所めぐりの満願となるそうだ。

とうとう正真正銘の満願の運びになった。（参考資料７‐２）

○弘報大師の母公を祀《まつ》ってある慈尊院

高野山郵便局の近くの食堂で昼食（山菜そば）をとる。大門経由で、西高野街道（国道480号）を下山し、九度山《くどやま》町にある慈尊院を訪ねた。

パンフレットには、次のように記されている。

「平成16年7月に世界遺産に登録された慈尊院は、承和《じょうわ》元（834）年に讃岐国（香川県）から高野山を訪れた弘法大師の母公が、女人禁制のため入山を許されず、翌年にこの地で亡くなったことから、弘法大師は母公のために弥勒《みろく》堂（御廟）を造られ弥勒菩薩坐像《みろくぼさつざぞう》（国宝）を安置しました」

それ以来、慈尊院は「女人高野」とも呼ばれ親しまれてきたそうだ。本堂裏にあった小僧像と握手をし、巡礼の旅を締めくくった。

小僧像と握手

慈尊院の門前に「めしあがれ」と書かれたお接待さんの張り紙が目についた。段ボールの中には大好物の八朔《はっさく》みかんが置いてあるではないか。喉《のど》の渇きもあり、2個も食べてしまった。

「ちょっと、ちょっと　滝口さん、そのまま」

「最高のポーズですよ」

なんて叫ぶ伊東さんに、大きな口をあいてほうばる姿を記念写真に撮られてしまった。

これが、後ほどの同窓会時、いつも出るエピソードの一つになってしまった。

（参考資料7 - 3）

○日課で一番、不安な時間帯

「部屋の出入り口の段差を乗り切るためのスロープ板はありませんか」

「洗面所の出入り口には段差がないが、車いすで入るにはちょっと幅が狭い。扉を外せば入れそうです。フロントにお願いしてくれませんか」

「衣紋かけが高すぎるので、二つ繫げて……」

「茶器セットを手前に持ってきて……」

「洗面所に入るのに段差があるので、洗面セット、タオル・石鹸等を外に出して……」

「………」

ひとりで過ごす宿泊所の部屋入り時、添乗員にお願いすることは尽きない。昼間は、添乗員はじめ周囲の人達の援助がある。立つこと、座ること、歩くことができない者にとっては、唯一の援助物は、車いすだ。車いすが移動可能エリアによって、生活範囲が決まってくる。

洗面所、トイレ、風呂に入るのに段差が邪魔をしている宿泊所を利用する時があった。そんな時は1Fにある障がい者トイレで事を済ませる。

IFの障がい者トイレへ洗面具・タオル・石鹸を持参し、大小便、洗面、体拭きなどを行う。1F行きは、朝、晩とは限らない。うし三《み》つ時の2、3時の時もある。エレベーター、廊下等の深夜灯を頼りに移動するのは怖さを感じる。長時間使用するものなら、途中で守衛さんにトイレの照明灯を消されてしまう。会話がままにならない国外では、騒動の一つになるときがあった。

2020年には、東京オリンピック・パラリンピックがやってくる。国外からやってくる障がい者が不安を感じないよう宿泊施設の更なるバリアフリー化が望まれる。そんなことを自作のホームページや各種の会合で叫ぶのは、障がい者の遠吠えにすぎないのだろうか。

先日、利用した帝国ホテルでは、標準型の部屋に、ぼくが泊まるということで、バスルーム、トイレ、ベッドなどの簡易取っ手を用意してあった。

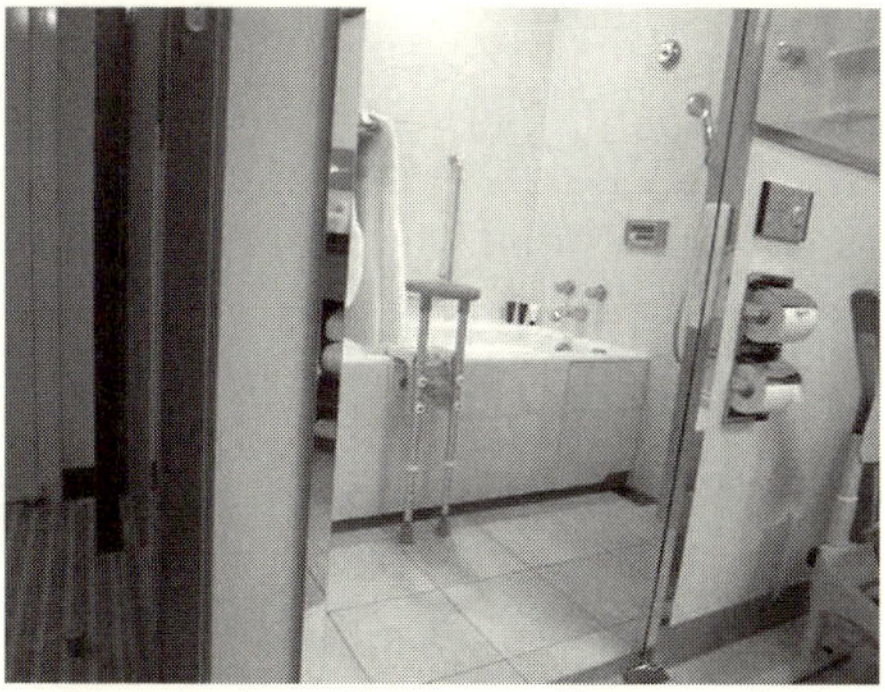
風呂入りのための簡易取っ手（帝国ホテル東京）

○結願・満願を終えて

88ヶ所の札所を巡り結願成就のあと、高野山へ参拝し、無事、満願を迎えることができた。

関西空港から東京に向かう日航機は、伊豆大島経由。雲一つない晴天に、冠雪した富士山が、満願を祝うように一段と輝いていた。我が家のある房総半島・御宿《おんじゅく》で左舵《ひだりかじ》し羽田に無事到着した。

ちなみに、御宿上空を通る度、我が家を探すのだが、見つかったことがない。東京ドームぐらいの敷地があれば可能と思われるが……。

足かけ3年かけたお遍路の旅も空港ロビーで、無事、解散の運びとなった。あちこちで握手したり、ハグしたりし、「お世話になりました」「ありがとう」「またご一緒しようね」などの言葉が後を絶たない。


思えば、平成21年春、千葉県の御宿の拙宅からウェルキャリー車で、2駅先のエレベーター設置駅（JR外房線・大原《おおはら》駅）まで行き、外房線（大原駅⇓東京駅）、山手線（東京駅⇓品川駅）、京浜急行（品川駅 ⇓ 羽田空港国内線ターミナル駅）と乗継ぎ、空港ロビーと向かったのが始まりだった（ロビーまでの所要時間は3時間から3時間半）。

最初は、こんなに苦労して参加しないければならないのかと思ったものだ。でも、ロビーで添乗員・旅の同行者を見つけると、それまでの苦労が一気になくなり、肩の荷が下

ウェルキャリー車（車いすを電動でルーフ上に収容できる）

りたものだ。
肩の荷は、巡礼旅を重ねるうちに、だんだん少なくなってきた。恐らく、お遍路中の同行者同士の楽しいやり取りが次々と浮かんでくるからだろう。もちろん、拙宅と空港ロビー間も、大師様が見守ってくれていることを忘れてはいなかった。

【参考資料】

7-1　高野山奥の院
http://www.geocities.co.jp/kmaz2215/okunoin/kouya02-3.html
戦国武将の墓、弘法大師の陵

7-2　高野山金剛峰寺
http://www.koyasan.or.jp/kongobuji/jinai.html#seimon
宿坊・主殿・新別殿・柳の間・蟠龍庭・奥書院等

7-3　慈尊院
http://jison-in.org/
女人高野、多宝塔、下乗石等

＊車いすトイレは高野山の至る所にあり。（筆者確認）

第8章　同窓会に発展した巡礼仲間　四国巡り

平成28年4月4日～6日

○1回目の同窓会の発端

いやはやユニークな同窓会があったものだ。《HIS四国お遍路2回生同窓会》だ。HISバリアフリートラベルデスク催行の障がい者対象・四国88所の霊場巡りに参加した人たちの集まりだ。平成21年春・秋、22年春・秋、23年春と5回に分けて実施し、総勢11人〈ツアー客8人〉揃って、最後は高野山に結願の報告に行った仲間だ。足かけ3年、道中、健康を害し、代理参拝をお願いする人が現れた。家の事情で参加を諦めようとした人がいた。でも、HISの添乗員、介護タクシーの運転手、お接待の人、宿坊の人たちの温かい眼差しが、なぜか最後までお遍路に加えてくれた。

第1番札所・霊山寺、第2番札所・極楽寺あたりでは、同行者がきちんとお経を唱えているか気になって仕方がなかった、第87番札所・長尾寺、第88番札所・大窪寺に近づくにつれ、自分だけの世界に没頭し、心を込めてお遍路の作法を行うように変化した。今では、お遍路さんの作法と聞かれれば。すらすらと口から出る。

・山門にて合掌し、一礼します。
・手洗いにて手を清め、うがいします。
・本堂ではろうそくに点火、ろうそく立てに納めます。その火から線香3本を灯し、線香立てに立てます。
・納め札とお賽銭を納め、念珠をすり、合掌し、お経を唱えます。
・太師堂でもろうそくに点火、ろうそく立てに納めます。その火から線香3本を灯し、線香立てに立てます。
・納め札とお賽銭を納め、念珠をすり、合掌し、お経を唱えます。
・山門にて合掌し、一礼します。

総勢8人は、スムーズに手を清められるよう、ろうそくの火が消えないよう相互の援助を惜しまなかった。ツアー中、添乗員に何度担ぎ上げ下げしてもらったろう。おかげで、高野山・奥の院で霊場めぐりの結願を弘法大師に報告ができた。大師はお褒めの言葉を発してくれたに違いない。

・何か心が洗われる気持ちが、湧いてきた。

・やってはいけないこと（不邪淫、不殺生……）を知った。

・他力を借りれば本堂に上がれた。

・納経帳に88ヶ所全ての札所印がいただけた。

お遍路は、他の7人も強烈な印象があったのだろう。有志は、その後、《四国別格20ヶ寺巡り》を実施している。体調を崩したぼくは、これには参加できなかった。

お遍路はいいなあ。お遍路仲間に逢いたいなあ。もう一度、同じメンバーで弥次喜多道中をしたいなあ。そんな気持ちを催行会社の添乗員（薄井貴之さん）に提案してしまった。

薄井さんから、

「大賛成です。ツアー客の方から同窓会の申し出は、はじめてです」という主旨の賛同を得た。催行会社は、ぼくを〈飛んで火に入る夏の虫〉に思えたことだろう。同窓会は、一瞬のうちに２泊３日の旅となった。会場は、高知県・愛媛県とした。巡った札所は、第46番札所・浄瑠璃寺《じょうるりじ》、第58番札所・仙遊寺《せんゆうじ》とした。あとは、ミステリーゾーンと名づけ、参加者の希望する所に立ち寄るとのことだった。

・札所を巡りたい
・北川村《きたがわ》にあるモネの庭を見たい。
・桂浜公園に行き、龍馬さんに会いたい。
・今治のタオル工場で買い物をしたい。
・安芸《あき》市にある美味しいイモアイスを食べたい。
・四万十川流域にある桜の名所の屋台で昼食を取りたい、等。

何れもジャンボタクシーに乗ってからの提案だ。地元を知り尽くしている運転手（高知市・福井タクシー・伊東則男さん）とはいえ、行く先を決めるのに四苦八苦していたようだ。

道中、平成21～23年のお遍路のエピソードやその後

第１回同窓会参加者（四万十川・沈下橋、薄井さん提供）

の各自の動静などに話が弾んだのは、同窓会のいつものパターンとなった。

○巡礼のお勤めだけは止められない

同窓会で四国を訪れれば、なんといっても札所巡りは欠かせない。四国自動車道松山インターから訪ねたのは第46番札所・浄瑠璃寺だった。大師堂には、弘法大師の子どもの頃を象《かたど》った木彫りの「だっこ大師」があるからだ。巡礼中、代わる代わるだっこしたものだ。実際に抱くと何かを感じる人が多く、中には、広島から参加した津田さんは、涙を流し、感極まっていたことはたしかだ。

6年後の今回もだっこ大師は待っていてくれた。津田さんは、

「だっこ大師にまた会えました」

「いい子だね。また会いましょう」

読経（仙遊寺 本堂、薄井さん提供）

「……」と語りかけ、だっこ大師を次のぼくになかなか渡そうとしなかった。

浄瑠璃寺から第47番札所・八坂寺までは平坦な近道だ。みんなでおしゃべりしながら歩き遍路を試みた。4月の初旬、芽を出した若草、満開の桃の花が歓迎してくれた。

58番札所・仙遊寺は、今治市街から瀬戸内海に浮かぶ島々までを一望できる絶景スポットだ。その景色を先達の伊東さんは、再度、見てほしいと計画したとのこと。つづら折りの長い長い坂道には、岩つつじのつぼみが膨らんでいた。時々車を止めてくれ、瀬戸内海の遠景を飽きるほど見せてくれた。

他の巡礼者がいないのを幸いに、本堂の階段下からお勤めをした。

「鐘つき堂に上がりましょう」

「たくさんの階段があるでしょうなあ」

「ぼくが抱っこしてあげますよ」

「じゃあお願いしましょうか」

鐘つきの提案をこばむ人は一人もいなかった。平素は抱っこされることをいやがる女性たちも可能性に挑戦したかったのだろう。

他組の巡礼者がいないからだろうか、ゆっくりとぼくを先頭に鐘つき堂に上げてくれた。ありったけの力を出して鳴らした鐘の音は、今治市街に届いたことだろう。

同窓会と言えば、共に学んだ学生時代などの集まりが多い。恩師を囲んで、当時の思い出話を語り合い、回顧《かいこ》するのが定番だ。今回は、かつて一緒に札所を巡った同士が、メールで呼びかけ、同窓会に発展したのだ。

とりわけ、同窓会まで発展した札所巡りは、文化という概念を広めたことになるだろう。「西洋では、人間の精神的生活に関わるものを文化と呼び、技術的発展のニューアンスの強い文明と区別している」(広辞苑より)

国道33号線のイモケンビの香りが忘れられないという強い申し出があった。神奈川から来た後藤さんは、またもや段ボール一杯、宅配便に託した。イモケンビに関心のないぼくと言えば、イモアイスの売り場を独占した。(参考資料8‐1)

●《観光》虫をピンセットで取っていた〈モネの庭〉

モネの庭〈水の庭〉

和歌山から来た山本さんのリクエストだ。ＪＲ高知駅より車で約90分の山中の北川《きたがわ》村に世界に2つしかない〈モネの庭〉があるという。室戸《むろと》岬《みさき》に向かって走り，土佐くろしお駅より山中に10分入った広大な傾斜地にあった。

先ずは　長い長いスロープを上がった〈水の庭〉と書かれた所に着いた。道中、木々のネームプレートを見て楽しんだせいか、園内の行動のつらさは感じなかった。

北川村は、工業団地の誘致に挫折後、180度の方向転換を計り、モネの庭造成に踏み切ったという。多くの障がいを乗り越え、1999年、フランス学士院の権威であるアルノー・ドートリヴ氏からそれまでは門外不出であった〈モネの庭〉の名称が贈られる事となったそうだ。

〈ここには青い蜂が居て、それを見つけると幸福になる〉とマスコミで取り上げていた。ぼくたちもその恩恵にあやかろうとして、園内を駆け巡ったが、行き会えなかった。

傾斜地を長いスロープで結ぶ庭内には、段差はない。

「ピンセットで、なぜ虫を１匹１匹取っているんですか」

「殺虫剤を使うと、植物がいたみますし、虫たちもかわいそうです」

「取った虫たちは、遠くの山の中に放してきます」

庭師さんたちは、ピンセットで害虫を一匹一匹つまんでいた。殺虫剤は使わないそうだ。環境に配慮した庭師といい、庭内全てがバリアフリーの設備といい、人・植物・昆虫など全ての生き者にやさしさを届けてくれる施設だった。そんなやさ

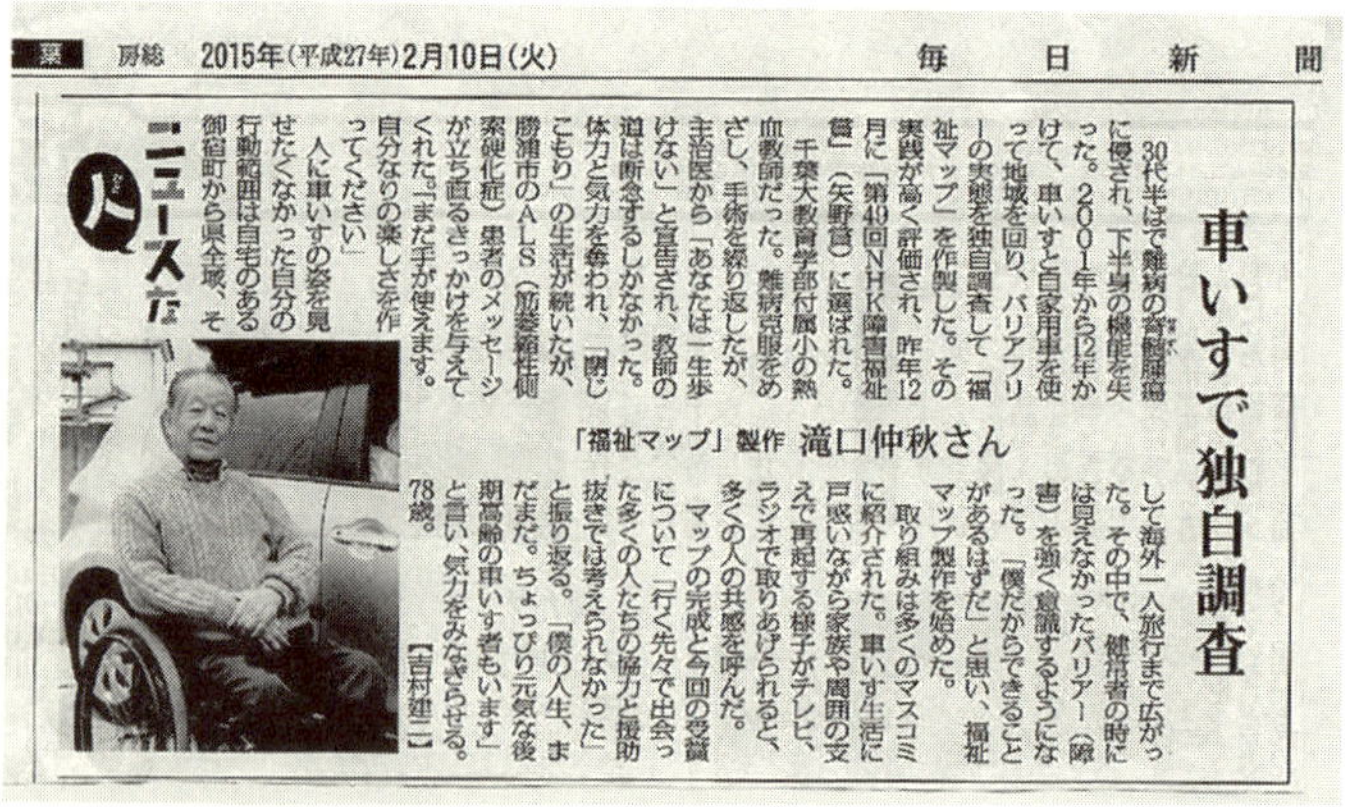

葉　房総　2015年（平成27年）2月10日（火）　毎日新聞

ニュースな人

車いすで独自調査

「福祉マップ」製作　滝口仲秋さん

30代半ばで難病の脊髄腫瘍に侵され、下半身の機能を失った。2001年から12年かけて、車いすと自家用車を使って地域を回り、バリアフリーの実態を独自調査して「福祉マップ」を作製した。その実践が高く評価され、昨年12月に「第49回NHK障害福祉賞」（矢野賞）に選ばれた。

千葉大教育学部付属小の熱血教師だった。難病克服をめざし、手術を繰り返したが、主治医から「あなたは一生歩けない」と宣告され、教師の道は断念するしかなかった。「閉じこもり」の生活が続いたが、勝浦市のALS（筋萎縮性側索硬化症）患者のメッセージが立ち直るきっかけを与えてくれた。「まだ手が使えます。自分なりの楽しさを作ってください」

人に車いすの姿を見せたくなかった自分の行動範囲は自宅のある御宿町から県全域、そして海外一人旅行まで広がった。その中で、健常者の時には見えなかったバリアー（障害）を強く意識するようになった。「僕だからできることがあるはずだ」と思い、福祉マップ製作を始めた。

取り組みは多くのマスコミに紹介された。車いす生活に戸惑いながら家族や周囲の支えで再起する様子がテレビ、ラジオで取りあげられると、多くの人の共感を呼んだ。

マップの完成と今回の受賞について「行く先々で出会った多くの人たちの協力と援助抜きでは考えられなかった」と振り返る。「僕の人生、まだまだ。ちょっぴり元気な後期高齢の車いす者もいます」と言い、気力をみなぎらせる。78歳。【吉村建二】

福祉マップについての新聞記事

しさを届けてくれる二つ目の《モネの庭》は、まさしく人間を含む生き物たちのユートピアの一つに思えてならない。（参考資料８‐１）

ぼくにとっては、行った先々でバリアフリーについての関心度は人一倍強い。《ぼくにもみんなのために役立つことはあるはずだ》と言う気持ちで、２００１年から〈福祉マップ〉づくりを続けている。

●《観光》龍馬《りょうま》さまと60年ぶりの再会

「坂本竜馬さんに会いたい」と提言したのは、ぼくだ。高知龍馬空港からタクシー、車で約30分の所に高知県を代表する景勝地の一つである桂浜公園がある。

平成28年4月4日、夕暮れ時、龍馬さんの銅像は出迎えてくれた。ペギー・葉山の歌った《南国土佐を後にして》が大ヒット（発売からほぼ1年で約１９９万枚）したのが１９５９年だという。以前、お目にかかった時はペギーさんのメロディが始まった頃だから、かれこれ60年ぶりの再会となろう。

銅像の前は記念撮影する観光客でいっぱいだった。わずか33年の生涯でありながら近代日本の幕開けに大きな功績を残し、今なお人の心を惹《ひ》きつけてやまない英雄、坂本龍馬の銅像が迎えてくれた。

懐に右手を差し入れた勇姿は、以前とちっとも変らない。

「昭和3年、地元青年有志によって建立されました。和服姿に懐手、ブーツ姿の龍馬は、はるか太平洋の彼方を見つめています。像の高さは5・3mで、台座を含めた総高は13・5m。毎年龍馬の誕生日であり命日でもある11月15日を挟み、約2カ月間、龍馬像の横に展望台を設置し、龍馬と同じ目線で太平洋を眺めることができます」

と、案内人は教えてくれた。

像の脇にある鉄パイプが展望台の名残だろう。

桂浜（龍王岬に竜王宮があり鳥居が立っている）

浦戸湾口・龍頭岬《りゅうづざき》・龍王岬《りゅうおうざき》の間に、弓状にひろがる海岸が、桂浜《かつらはま》だ。背後に茂り合う松の緑と、海浜の五色の小砂利、紺碧《こんぺき》の海が箱庭のように調和する見事な景勝地だ。古来より月の名所として知られ、〝月の名所は桂浜……〟と「よさこい節」にも唄われている。

土佐の高知の　はりまや橋で　坊さんかんざし　買うを見た　よさこい　よさこい
御畳瀬見せましょ　浦戸をあけて　月の名所は　桂浜　よさこい　よさこい
言うたちいかんちゃ　おらんくの池にゃ　潮吹く魚が　泳ぎよる　よさこい　よさこい

南西部にこぢんまりとした竜王宮が風雨に耐えて建っている。

60年前にも、闘犬場・水族館はあったたし、桂浜公園の風景は、ちっとも変っていない。

前回は、同行した学友より早く龍馬さんに会うことだけに心がけ、息せき切って自分の足で駆けのぼたっけ。「これが天下の龍馬さんか」と、一蹴しただけで去ってしまった。

今回は、薄井さんに車いすを押されての再会になった。時間をかけて上がってきたせいか、龍馬さんに向かって、

「苦労してやってきましたぞ」

と叫んでしまった。

「そうか。そうか。よく来たなあ」

と、近代日本の幕開けに大貢献した英雄が応えてくれたようだ。（参考資料8－2）

●《観光》今治タオル美術館

「JAPANブランドとして有名な〈今治タオル〉を買いたい」

という広島の津田さんの申し出につきあった。今治タオル美術館は、今治小松自動車道の東予丹原インターで降り、車で10分ほど行った所だ。

先ずは、タオルの製造過程を見学した。コットンロードと名付けられたエリアは、綿花を糸にするところからはじまり、タオルが出来上がるまでのタオルの製造過程を見ることができる。全国的にもタオルの製

コットンロード

分かる。

造工程を見られる工場は少ないそうだ。一つ一つの作業がとても丁寧に行われているのが分かる。

１２０ｍに渡るロードには、要所要所しか職工さんがいない。オートメ化された精密機械が小さな音を立て、それぞれの製造工程をこなしている。原料の綿から綿糸を作り、タオルに織り上げられる製造工程の脇には、容易にわかる説明板が置かれ、フラットな床は、車いす操行に不便さを感じさせなかった。

生産量日本一と噂に聞く。生産量だけではない。高級品も多く、外貨を稼ぐタオルでもあるそうだ。

「美術館エリアで人気が高いのが、常設展〈ムーミンの世界展〉です。これを見るために入場料を払ってこの美術館に足を運ぶファンも多いんですよ。常設展示なので、いつもいらっしゃっても見る

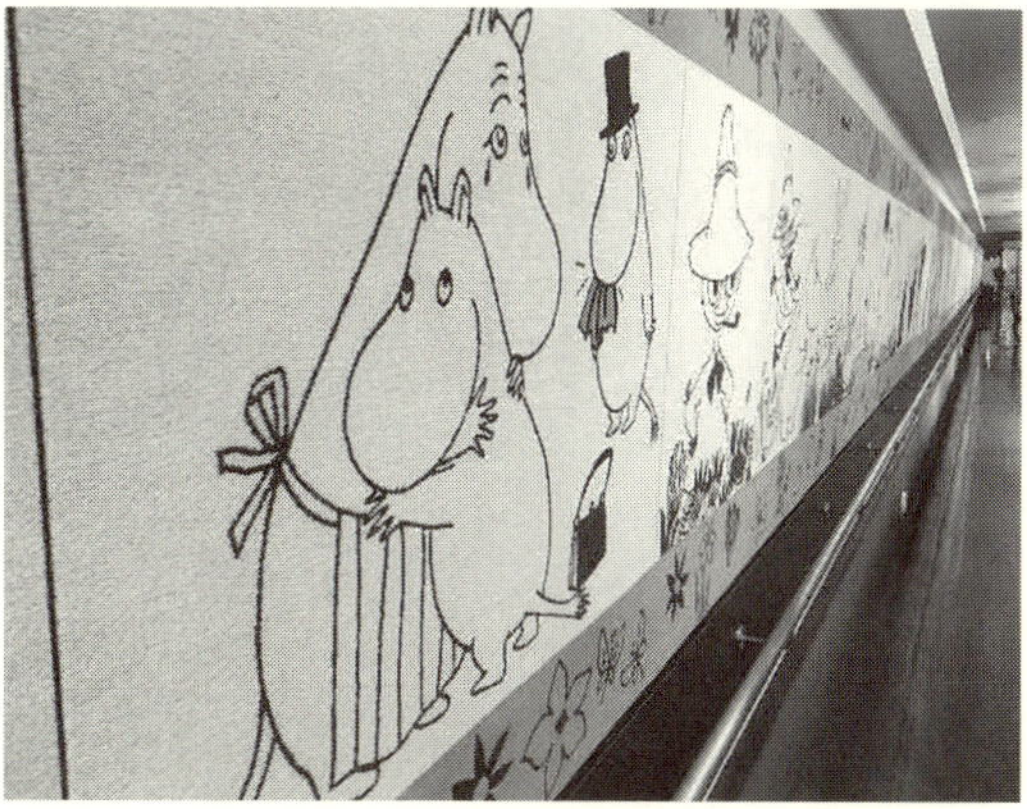

ムーミン谷の世界

ことができます。ムーミン谷の日常や、ムーミンの家などを人形やオブジェで表現してあります。もちろん背景から小物まで全てタオルでできています」

と、説明に当たった学芸員？　は得意げに語った。あちこちに子ども連れの親子が楽しそうに眺めていた。グッズコーナーも賑やかだ。

同じフロアで、企画展〈加山雄三ミュージアムがやってくる〉展が開かれていた。

加山雄三さんの肩書き　と言えば、日本を代表する俳優、シンガーソングライター、タレント、ギタリスト、ウクレレ奏者、ピアニスト、画家……と事欠かない。ニックネームは若大将。作曲家としてのペンネームは弾厚作《だんこうさく》さんだ。同じ昭和の年代に生を受けた人間として、こうも生き方に差ができてしまったんだろう。まあ、ぼくが一般人で、彼はスーパーマンと思うことにしよう。展示物を拝見し、特に油絵に現れた繊細な絵筆の使い方は、まさしくスーパーマンの一端と言えよう。

笑点・大喜利で林家こん平さんが「私のかばんにはまだ若干の余裕がございます。……」の主旨の挨拶をする。ぼくのかばんには入る余地はほとんどなかった。美術館の売店で、ハンカチタオル３点を買い求め、かばんにやっと押し込んだ。それを孫たちに配ったら、四国土産で最高に喜ばれた。

「ＪＡＰＡＮブランドの今治タオルだ。欲しかったんだ」と。（参考資料８－３）

●《観光》土佐和紙博物館

高級な魚拓《ぎょたく》紙を手に入れたいという八幡さんにつきあった。訪ねた所は、日本三大和紙産地のひとつに数えられる高知県伊野町。町にある博物館は、高知自動車道伊野ＩＣから国道33号経由４ｋｍで10分の所にあった。

「土佐日記」で有名な平安朝時代の歌人・紀貫之が、土佐の国司として、製糸業を奨励したという。昭和51年12月には〈土佐和紙〉という名称で紹介された高知県の手すき和紙は、国の伝統的工芸品に指定された。

土佐の楮《こうぞ》は他県のものと比べて、繊維が太く長く、丈夫な紙ができやすい特徴を持っていることが紹介されていた。仁淀川《によどがわ》を中心とする豊かな水と、流域でたくさん育てられていた質の良い原料が、土佐和紙の歴史を支えてきたのだ。コウゾ・ミツマタなどの原木から、たった4％しか紙にならないというから、和紙は、貴重品と思うことにしよう。

博物館では、紙すき体験を希望する人が大半だという。車いすユーザーも体験できるか尋ねたら、オーケーとのことだった。旅の日程に余裕があれば、車いす紙すく者になりたいものだ。

売店でトイレットペーパー（白壇《びゃくだん》の香り、水引セット）6ロール1240円で売っていた。八幡さんは友人に配るとか買い求めた。高知の専門店では○○献上品として、4ロール2000円があるという。自宅に帰り、近所のスーパーに立ち寄った。なんと12ロール370円となっていた。

和紙《わし》（わがみ）は、欧米から伝わった洋紙に対し、日本の古来から伝わる紙のことだ。国内を旅していると、いたるところで伝統工芸品としてお目にかかれる。今回、土佐和紙に出会い、工程のほとんどが手作業のため、作り手や土地によって1枚1枚その表情が異なっていることとように思えてならない。

それに残された人生、1度は○○献上品の1ロール500円のペーパーにお世話になってみたいなあ。500円のロールを、盟友たちに1ロールずつ届けたら、喜ばれるだろうなあ。それとも、貴重品として洗面所の飾り物になってしまうのかな。

館内の床は全てフラットであり、車いす操行には不便さはなかった。（参考資料８‐４）

【参考資料】

８‐１　モネの庭
https://www.kjmonet.jp/
園内ガイド、カフエ・ショップ、イベント等

８‐２　桂浜公園
http://www.city.kochi.kochi.jp/soshiki/39/katsurahamakouen.html
坂本竜馬像、水族館、龍頭岬・下竜頭岬等

８‐３　今治タオル美術館
http://www.towelmuseum.com/
フロアガイド、美術館、レストラン等

８‐４　いの町紙の博物館
http://kamihaku.com/
土佐和紙の歴史、紙の原料、作成工程等

＊車いすトイレは、仙遊寺、モネの庭、桂浜公園、今治タオル美術館、いの町紙の博物館に有り。（筆者確認）

第9章　またもや出かけた同窓会　兵庫県但馬《たじま》方面

平成28年11月4日〜6日

◇2回目の同窓会の発端

同窓会は1回では済まなかった。2回目をやろうと、山本、津田さんたちからのメールの誘いがひっきりなしに届く。彼女たちとは、国内外の旅をよくご一緒した旅仲間だ。それに飛びついたのが、お遍路旅を催行した旅行会社ＨＩＳだ。移動する介護タクシー・ジャンボタクシーも巡礼を共にした高知の伊東さんたちだ。巡礼を共にした東京の兵頭さん一家も、ぼくが参加すれば、ご一緒するという。こうなったら参加せざるを得ない。実は10月下旬、右足のふくらはぎがパンパンに腫れてしまった。妻からは、「医師の許可が出なければ、参加させません」という厳しい言葉が届いた。仕方なく行きつけの病院の点滴の世話になり、出かけられるようになったのだ

今回は、JR姫路《ひめじ》駅、集合・解散。城崎《きのさき》温泉に連泊し、行き帰りの道中の観光をすることだ。

◇城崎温泉　招月庭《しょうげつてい》にて

伊東さん推奨《すいしょう》の城崎温泉・西村ホテル《招月庭》に連泊した。招月庭は、城崎でも1、2を競う豪華なホテルだという。松葉ガニ料理（ゆでガニ、カニさし、カニすき鍋……）、但馬牛（ロース鉄板焼き、さいころステーキ）、西村屋特製の純米吟醸酒、コウノトリコメの釜飯と揃えば、連日、同窓会の宴会は終わりを知らない。

まろやかな味があるという吟醸酒を飲んだら、口が軽くなるものだ。みんな話し始めたら止まらない。

フラダンスを始めた兵頭さんの奥さん、民謡教室に入った後藤さん、郷土民芸品を作成中の山本さん、ジョギングに夢中の八幡さん。

みんなのリクエストで、後藤さんは、〈祖谷《いや》のかずら橋〉の一節を披露した。ぼくは下戸、もっぱらカニ料理専門だ。

障がい者ツアーと言えば、添乗員と一人一人の参加者だけの対話で終始する。でも今回は、参加者が主役だ。全国から5年ぶりに集まった同窓生間には、お遍路中の思い出、現在の境遇等を語りあうには、語りつくせない時間帯となったようだ。ぼくと言えばみんなの聞き役。巡礼の経験がそうさせたのかみんな前向きに生きていることが分かる。

そこで得た貴重な財産は、明日からの生き方の精神的な糧《かて》になることだろう。西洋では、人間の精神的生活に関わるものを文化と呼んでいる。まさしく、今回の会合は、障がい者にとっても、同窓会文化といっても過言ではなさそうだ

お世話になった部屋は、トイレ、洗面所、バスを利用するのに段差はなかった。ただ部屋入りドアの先に15センチの段差があった。立居のできないぼくには部屋の出入りは不可能だ。部屋の交換を申し出たぼくは、従業員を困らせてしまった。

・「段差のない部屋は、満室なんです」と恐縮がる仲居さん

・段差解消の材料（跳び箱の踏切板、テニスの仕切りネット等）を次々と持参しても解決できないフロント係。

結論は、部屋の出入りする都度、フロントに電話連絡し、事に当たることに落ち着いた。《バリアは、出入り口の段差だけです。フロント・仲居さんなどの思いやりのある接遇ぶり、部屋内のフラットの床づくり等も見事です》と、帰りのアンケートに書き、ホテルを去った。

その後、29年3月の招月庭のHPには《リニューアルと耐震補強工事のご案内、いつも西村屋ホテル招月庭をご愛顧いただきまして、誠にありがとうございます。この度、平成29年3月27日より7月31日までの約4ヶ月間の予定で全館を休館し、「月の棟」の客室他、一部施設の改修工事を行います》と、提案している。リニューアルされたホテルで、天下一品のカニ料理を食べ、再会を喜びたいものだ。（参考資料9‐1）

●《観光》家の中に船を格納している伊根浦《いねうら》地区

自動車の車庫のように、家の中に、自分の舟を格納している地区が、丹後半島にあるという。伊根浦という地区だ。

同窓会一行は、興味に任せ、伊根浦に出かけた。海岸沿いに曲がりくねった道路にへばりついた建造物〈舟屋〉が迎えてくれた。舟屋は、1Fに船揚場、物置、作業場があり、2Fが居室となっている。切妻造の妻面を海に向けて建てられたものが殆んどだ。1F部分の床は船を引き上げるために傾斜している。1Fの作業場は出漁の準備、漁具の手入れ、魚干物の乾場や農産物の置き場などに利用されていた。最近では、道を隔てて母屋を立て、舟屋の2Fを民宿客に提供している家も現れたという。ここも漁村特有の曲がりくねった2車線の国道だ。行き来する自動車の餌食にならないよう車いすを走らせた。

1時間おきに発着する遊覧船（湾内めぐり）も、舟屋群の理解に貢献しているようだ。舟屋の1Fに船揚があることが一目で分かる。それにしても静かな海だけではない。波打ち際には、津波、大波など予期しないものも現れるだろう。そんな時、地区の高齢者、障がい者の避難行動はどうなっているのか知りたいものだ。

トンビの大群が、遊覧船を追いかけてくる。船内には要所要所に餌（かっぱえびせん、1

波静かな伊根浦

００円）が用意されている。トンビに向かって餌を投げるが、なかなか受取ってくれない。船の１Ｆ、２Ｆから次々に餌が飛んでくるせいか。以前出会った松島《まつしま》湾のカモメとは異なるようだ。松島では、手に持った餌に飛びついてきたものだ。トンビとカモメの習性の差異か。餌量の差異か。

舟屋の里公園からの眺めもすばらしい。丹後半島の若狭《わかさ》湾側にある伊根湾の５ｋｍにも及ぶ周囲に２８０軒以上の舟屋が海岸線に所狭しと並んでいる。湾の入り口に青島という小島があり、湾をいっそう静かにしているようだ。若狭湾を回遊してきたブリは、青島《あおしま》をかすめて、伊根湾にやってくるという。湾内に方形と円形のいけすが見える。回遊しない鯛は方形、回遊するブリは円形で飼育するのかな。

伊根浦は、漁村では全国で初めて国の重要伝統的建造物群保存地区の選定を受けた所だ。

（参考資料９－２）

●《観光》天橋立・股《また》のぞき

股の間から天橋立を見ることを〈股のぞき〉と呼んでいる。股のぞきで逆さにのぞいた景色は、海と空が逆になり、まさに天に架かる浮き橋のように見えるという。

車いすのぼくも、股のぞきに挑戦した。目に入るのは車いすの骨格部分だけだった。

股の語源を広辞苑で調べると、

1、「もも」「股ぐら」「ふともも」

2、「枝やかんざし等の二股になっている部分」

1は無理でも、2の二股になっている部分と解釈すれば、手の股でもよさそうだ。それを試みたが、もちろん海と空は逆さに見えなかった。

股のぞき？

《世の中を笑わせ、考えさせた研究や業績に贈られる今年のイグ・ノーベル賞の発表が22日、米ハーバード大であった。前かがみになって股の間から後ろ方向にものを見ると、実際より小さく見える「股のぞき効果」を実験で示した東山篤規《あつき》・立命館大教授（65）と足立浩平・大阪大教授（57）が「知覚賞」を受賞した》（2017・2・24「読売新聞」より）

ぼくには、股のぞきの研究は無理のようだ。

世の中には、股間の高い人もいた。添乗員の薄井さんだった。股間の高い・低いは、東山教授の研究対象になるのかな。

展望台には空中から見られるゾーンもあった。

空中からの眺めは、股間の高い人であれ、車いすユーザーであれ、届く風景は同じだったようだ。（参考資料9-3）

●《観光》コウノトリとの出会い

ヨーロッパでは、「赤ん坊はコウノトリのくちばしで運んでくる」「コウノトリが住み着いた家には幸福が訪れる」という言い伝えがあるが、否定する人もいる……。

コウノトリは湿地生態系の頂点に君臨する鳥で、大型の淡水魚をはじめとする水生動物か、ヘビやバッタのような陸生動物まで、多様な餌を食べる肉食の鳥だ。コウノトリが生息できる環境は、人間も同じだとする説が多い。だから大切にされるのだろうか。現在では、極東《きょくとう》に2000羽あまりしか生息していない絶滅危惧《きぐ》種だという。

公園内での羽ばたき

コウノトリ郷公園は、全国多々あるが、県立の施設は、兵庫県のみだ。空港名も〈コウノトリ但馬空港〉と名乗っている。

公園外の電柱の上のコウノトリが迎えてくれた。順調に野生化している様子が伺える。公園内では、親子連れ、雌雄ペアなどが、餌を探しながら歩いていた。時々、クラッタリングという行為が見受けられる。

「成鳥になると鳴かなくなります。代わりにクラッタリングと呼ばれる行為をするようになります」

と説明者が教えてくれた。くちばしをを叩き合わせるように激しく開閉して音を出す行動で、ディスプレイや仲間との合図に用いられるそうだ。耳を澄ますとあちこちでクラッタリングの音色が聞こえる。コウノトリの世界に入り込んだような気がした。

我が千葉県にも野田《のだ》市にコウノトリ生息地がある。説明者に野田市在住のコウノトリの追跡調査をしてもらった。

《野田市のコウノトリの平成28年12月19日の４羽の様子》
「未来《みき》　平成27年放鳥」　岡山県倉敷《くらしき》市付近に
「翔《しょう》　平成27年放鳥」　高知県大月町・宿毛《すくも》市付近に
「きずな　平成28年度放鳥」　新潟県新潟市付近に
「ひかる　平成28年度放鳥」　静岡県静岡市付近に居ます

全国のコウノトリが日本のどこにいるかが分かるのだ。時には外国の韓国に出かけているものもいるそうだ。旅行中、よく一人行動をするぼくにも追跡調査ができる装置が必要のようだ。

飼育棟の脇には、兵庫県立大学（地域資源マネジメント研究科・自然・環境科学研究所）の校舎があった。人っ子一人いないのでホールに入ったら、事務官であろう女性が出てき、研究員を紹介してくださった。コウノトリの野生復帰、田園生態系やジオパークに関する地域環境学について研究していることを詳しく教えてくれた。

研究成果が実り、日本のどこでもコウノトリがはばたく環境になったらいいなあと思いながらタクシーに向かった。（参考資料９‐４）

●《観光》姫路城・西の丸まで上がれた

新神戸駅を過ぎた山陽新幹線・下りは、やがて姫路駅に近づく。車窓からは、否応無しに次の光景が迫ってくる。

・空に向かって立ち並ぶ天守の群像
・白く美しい白壁の まぶしさ
・天空舞うシロサギのように見える大天守

人生一度は、姫路城を覗いてみたかった。以前勤めていた職場の慰安旅行で訪れたが、いずれも茶店で、同僚の荷物番しかできなかった。

今回も同じ留守番の役目かと思っていたら

「行ける所まで行きましょう」

「進まなかったらおんぶしますよ」

という添乗員の言葉に勇気づけられた。でも次々と現れる坂道での援助は、バリアフリー専門の会社（ＨＩＳ、バリアフリートラベルデスク）の添乗員・薄井さん、地元を知り尽くしている運転手（高知市・福井タクシー・伊東さん達）とはいえ、介護にあたった３人は、四苦八苦していたようだ。

葵の門をくぐると三国掘だ。崖の上の見事な天守が迎えてくれた。ボランテアであろうハッピを着たおじさんのペースにのってしまった。

「ここからの天守は一段と輝いているでしょう。シャッターを押しますよ」

「ありがとう。ばんざいをするから、頼みますよ」

思わず手を上げてしまった。無礼な行動をかっての城主は許してくれるだろうか。西の丸に行くには、Ｓ字型の長いスロープをあがらなくてはいけない。介護にあたる3人は一人を上げては、早足で降り、次の車いすを上げる。汗を拭くこともできない。相当な重労働だ。乗っている車いすユーザーも落とされては困るので、必死だ。

全員、揃っての記念撮影のバックグラウンドには、西日に映える天守が、紺碧の空におとぎの国のように浮かんでいた。

西の丸から天守を望む

これまで茶店で同行者の荷物番が専門だったぼくが、他力の申し出を前向きにとらえ、お世話になったおかげで可能性が広まったようだ。

《車いすの貸し出しは行っておりません。
姫路城は江戸時代初期の平山城で、46m程の小山の上に築かれていることから、坂と階段が多く、車いすでお越しの場合は、経験豊かな3名程度の介助者の随行がご本人の安全のために必要です。（介助者が一人では危険です。門の手前の坂や門を越える時に介助が必要となります。）なお、建物内は、エレベーターも無く、手摺があるものの非常に急で狭い階段になっているため、車いすでの見学はできません》（姫路城HPより）

現状ではもっともだ。でも、今回、介護の人たちの行為で、シラサギの姿を、十分堪能できた。次回は一の丸、二の丸あたりからの眺望に期待する面もある。（参考資料9-5）

【参考資料】
9-1　城崎温泉、西村ホテル招月庭
http://www.nishimuraya.ne.jp/shogetsu/
料理、部屋、風呂等

9-2　伊根浦伝統的建造物群保存地区
www.town.ine.kyoto.jp
場所、舟めぐり、建造物見学等

9-3　天の橋立　天の橋立観光協会
www.amanohashidate.jp/1/rekishi.html
日本三景の一つ、股のぞき等

9-4　コウノトリの郷公園
www.stork.u-hyogo.ac.jp/
コウノトリの天然飼育、コウノトリ習性理解、県立大学の研究内容等

9-5　姫路城大図鑑
www.city.himeji.lg.jp/guide/castle.html
周辺の駐車場、姫路城の概要。バリアフリー等

＊車いすトイレは、西村ホテル、伊根浦地区、天野橋立、コウノトリ郷公園、姫路城等に有り。
（筆者確認）

第10章　旅の同行者から

●阿波踊りのうちわ

清家聡子（兵頭さんのお嬢さん）

「こんなツアーがあるのか…と思った。これを逃したら死ぬまでお遍路には行けないと思った。何かあっても徳島なら何とかなる、とにかく参加しなくちゃいけない。」

当時の日記にこう書いてある。

父は愛媛県生まれ。脳卒中で倒れ左上下肢に麻痺が残り車いすでの生活を余儀なくされた。発病後しばらく喋れず筆談をしていた時、よく書いていたのが「同行二人」（弘法大師と一緒にお遍路をするという意味）という言葉だった。四国遍路は父の夢だったようだ。そして見つけたのは、滝口さんとの出会いになったツアーだった。

参加してみると経験を積み重ねたスタッフによって様々な困難を物ともせず参拝がすすめられて行く。参加者の方々も旅慣れた感じだった。しかし父は慣れないことの連続に緊張が続き、徳島での3日目には体力も限界。慣れない宿泊先での介助もあって、私自身も疲れのピークにいた。夜、皆さんが阿波踊り会館に観光に行かれた頃、自室でこれ以上お遍路を続けるのは無理かもしれないと思っていた。

ご満悦の兵頭さん

そこへ滝口さんが父に阿波踊り会館のうちわをお土産にもらって来てくださった。余程うれしかったのであろう。父は不思議なほど元気を取り戻し、くじけることなく旅を続けることができたのである。つまるところ滝口さんの気遣いで結願までこぎつけたようなものだ。それ以降も色々とお世話になった。本当に感謝している。

本稿を見せていただき、詳細な記録に色々なことを思い出して涙があふれた。そして一つの体験をこうやって他の人のためになるものへと作り上げていく滝口さんの姿勢はいつもいつも尊敬の念に堪えない。

●巡礼の思い出

山本勢津

四国巡礼に行ってみたいと思ったのは、巡礼の後ろ姿の写真だった。菅笠をかぶり、白衣を着て、杖をつきながら山道を、とぼとぼと歩いている姿が写っていた。日常生活を離れて、自分自身の内面を見つめなおすことが必要だと思っていた時期だった。

第1回目は、巡礼の良さが分からないまま過ぎてしまった。お経のうち、般若心境は少しはなじみがあり、なんとかこなしたが、

「おんあぼきゃ・べいろしゃの・まかぼだら・まにはんどま・じんばら………」

と続く、光明真言《こうみょうしんごん》は、私にとっては呪文《じゅもん》のようでさっぱり意味が不明だった。第1番札

所、第2番札所と回が進み、光明真言の意味の説明を聞き、少しは理解できたような気がした。でもやっぱり呪文の域から脱することはできなかった。さらに回を重ねて行くと、慣れだろうか分かったような気持ちになるから不思議だ。お経を一緒に上げる参加者も同じレベルなのだろうか。顔を見合わせたら、くすくす笑顔が届き親密感が湧く。今でも、参加したメンバーのユニークな行動が思い浮かぶ。

・東日本大震災を経験なされた福島県の八幡さんは、1回目は車いすの旦那さんと参加したそうだ。2回目以後は、亡くなられた旦那さんと二人分の巡礼の御身だったのだろう。背筋をしっかり伸ばし、真剣にお経を唱える姿は、凛《りん》という一言に値する。

・「私は、今まで父にはそんなに優しくなかった」と言う清家さん。今回のお父さんへの気配りは、半端でなかった。兵頭さん・清家さん親子の仲睦まじい姿は、我が家でも参考にしたい所だ。

・漂々とした落ち着き払って、大人の社会を教えてくれ、時折、ぼそっと一言おもしろいことを発する後藤さん。高知のイモケンピにはすっかりはまったようだ。

・見たいものを見つけるとそこに直進してしまい、「滝口さんはどこですか」としばしば話題になった人。これまで車いすでさまざまな挑戦をされ、参加者にいろいろなことを教えてくれた。

・津田さんのエピソードを一つ紹介しよう。12番霊場　焼山寺の境内は、砂利を敷き詰めた車いすはお呼びでない所だった。挑戦好きな彼女は、スットン、スットンと前輪を上げ、前進を試みた。でも大きな敷石に邪魔され、後ろにひっくり返ってしまった。

その時の言葉は今でも忘れられない。

「空ってこんなに青かったんですねえ」

「杉の古木はこんなに大きいのですねえ」

津田さんは、少々のことにはめげない、発想豊かな人だ。津田さんとは巡礼以前からの旅友で、どこに行くのも二人ずれ。今回も公にできない二人の秘密は沢山できた。

・私は、巡礼後でも、自分自身を、十分、見つめることができない。更なる修行をしなくてはいけないようだ。ただ、仏像を単なる美術品ではなく、必ず合掌して見るようになったのは、私にしては大きな進歩だと思っている。

参加した8人は、回を重ねるごとに、それぞれ個性豊かなメンバーだと分かってきた。「楽しくなければ巡礼者ではない」と言う合い言葉が自然に生まれてきた。笑い声は絶えなかった。最後の奥の院では、全員そろって心経を唱えながらお参りできた。

車いすや杖の使用者が、巡礼者になれたのは、ＨＩＳさんが企画を作ってくれたからだ。そして実現できたのは、サポートに当たってくださった薄井さん・伊東さんの全身全霊の献身ぶりを抜かすことはできない。

・行った先々の石段や坂道を一人ひとり移動させたり、使い勝手の悪い宿泊部屋のバリアフリー化をしたり、休む暇なくサポートしてくださった薄井さん。身体（１８５㎝？）も心も大きい人だった。

・ひとりで五役（ドライバー・先達・ヘルパー・カメラマン・観光ガイド）をこなしてくださった伊東さん。

これからも、障がいのある人もない人も、人種など色々な違いがあっても、等しく機会が与えられ、穏やかな生活、楽しい旅ができることを願っている。

第11章　巡礼で大きく変わったこと

58歳で車いすに世話になった。生涯を通して一度は見たかった国内外の世界遺産をやみくもに巡ってきた。最高に輝いたのは、海外一人旅だった。宿泊地をパソコンで見つけ、予定日程を作成し、独りで成田空港から飛び立ったものだ。

身体的行動の不安感のなくなった73歳の時、行った先々、階段上りが欠かせない《四国88ヶ所の霊場巡り》に出かけた。この霊場巡りは、世界遺産巡りでは味わえなかった強烈な心の変化をもたらした。80歳になり、高野山に結願報告した同志たちに《同窓会をやろう》と提案してしまったほどだ。先達の伊東さんから届いたスライド集を見るにつけ、再度、巡礼者になりたい心境になってしまったのだ。以下、その心の変化を記してみよう。

□人生の迷いがなくなった

世界を一人旅したぼくでも、今後の人生をどう歩んだらよいか。どう他人と接したらよいかなど、運命の岐路にたつ場面が次々とやってくる。また、歳を重ねるたびに認知する能力が劣りはじめ、決断力が欠けてきた。

そんな矢先、足かけ3年、巡礼を通して読経・写経を重ねた。お経の中でも、十善戒《じゅうぜんかい》は、今でも、「不殺生《ふせっしょう》、不偸盗《ふちゅうとう》、不邪淫《ふじゃいん》……不邪見《ふじゃけん》」と、そらんじて言える。

十善戒

①不殺生（生き物を殺さない）
②不偸盗（盗みをしない）
②不邪淫（邪淫をしない）
④不妄語《ふもうご》（うそを言わない）
⑤不綺語《ふきご》（ことばを飾り立てない）
⑥不悪口《ふあっこう》（人の悪口をいわない）

⑦不両舌《ふりょうぜつ》（二枚舌をつかわない）
⑧不繿貪《ふけんどう》（貪欲であってはいけない）
⑨不瞋恚《ふしんい》（怒らない）
⑩不邪見（誤った考え方をしない）

巡礼中176回（88カ所の札所の本堂・大師堂）もお経を唱えれば、自然に身に着くものだ。人生の進路に迷いはなくなった。どんな生き方をして行ったらよいか今後の素晴らしい人生があることを知った。残された人生ではない……。

迷いを捨て、考えを揺るぎないものにする時、十善戒は大いに役立っている。巡礼以前では馬鹿げたことと思っていたことでも、今では忠実に実行しないと心が許さない。

《夜中、人っ子一人いない交差点でも、信号が赤になったら、絶対、横断しない》

《100円玉を拾っても、交番に届けてしまう》

《………》

◇足の切断の恐怖が薄れた

足の運動機能が全廃後は、朝、ベッドから下り、夕方ベッドにお世話になる以外は、両足の足底は、車いすのフットサポート（足の支持部、跳ね上げることができる）にくぎ付けだ。そのため、夕方になると、足全体がむくんでくる。血液循環も悪くなり、ジョクソウが後を絶たない。

主治医に行き会うと、いつも言われている。

《むくみがひどくなると、エコノミー症候群になります。さらに症状が進むと足を切断することになります。私が切断の役割をします。》

切断はいやだ。主治医の執刀の世話は絶対ごめんだ。切断された自分の姿は、見たくもない。そうならないために暇があると足を持ち上げている。足全体を包帯でぐるぐる巻いている。

巡礼中も、切断されないための行動は続けた。むくみは相変わらず追いかけてきた。

でも、巡礼を重ねるうちに、切断された自分の姿が見えるようになったのは確かだ。

「足がないと、重心が高くなりひっくりかえる機会が多くなるだろう」

「足のない体の移動は楽かもしれない」
「腕力が、年々、落ちてきているので、それをカバーする新しい手段が生まれるかもしれない」
等、前向きな回答が、次々と生まれてきた。
人生観も変わってきた。《人間は死を避けられない》《死んだらどこに行く?》《地球上に再度誕生できる?》などの悩みを、どんな人間も青春時代をピークに持ち続けているものだ。ましては後期高齢の重度障害者であり、病院通いが増したぼくにとって、死への恐怖は、ピークに達している。さらに、巡礼の再現のため同窓会まで続けている。
山門でのあいさつをおろぬく
他人のろうそくから線香を灯す
般若心経を他人の口真似で済ます
巡礼の始まりでは、一連のお勤めの中に手抜きをするぼくがいた。回を重ねることに、心を込め、時間をかけて一つ一つの勤めに精進するようになってきた。回向文《えこうもん》に載っている262文字を的確に言えるようになった。
巡礼中《同行二人》と書かれた白衣、笠を使用すると、《常に弘法大師とともにある》という気持ちになる。自分や周囲の人たちの成仏《じょうぶつ》や往生《おうじょう》が可能になる心境《しんきょう》になり、死後の恐怖は薄れることは確かだ。

◇生活弱者だからこそ、絆《きずな》が強いことが分かった

障がい者や高齢者は、独りよがりの行動をとることが多いという。平素の観光ツアアでは添乗員と障がい者ひとりひとりとのやり取りは可能だが、障がい者同志の関わり合いは、少ないのは普通だ。今回の四国霊場巡りは、障がい者同志の絆を一層強くしてくれた。

・同窓会を2回も開くことになった。
・巡礼を中止し、ぼくの治療終了を文句を言わず、2時間、ひたすら待ってくれた。
・お互いお勤めが可能になるよう常に助け合った。
(手洗いを手伝う、ろうそくの灯が消えないようかばいあう。トイレの前で、手荷物番をしあう等)
・ぼくの住んでいる房総地方を台風が通過した後、同行した人から次々と災害見舞のメールが届く。

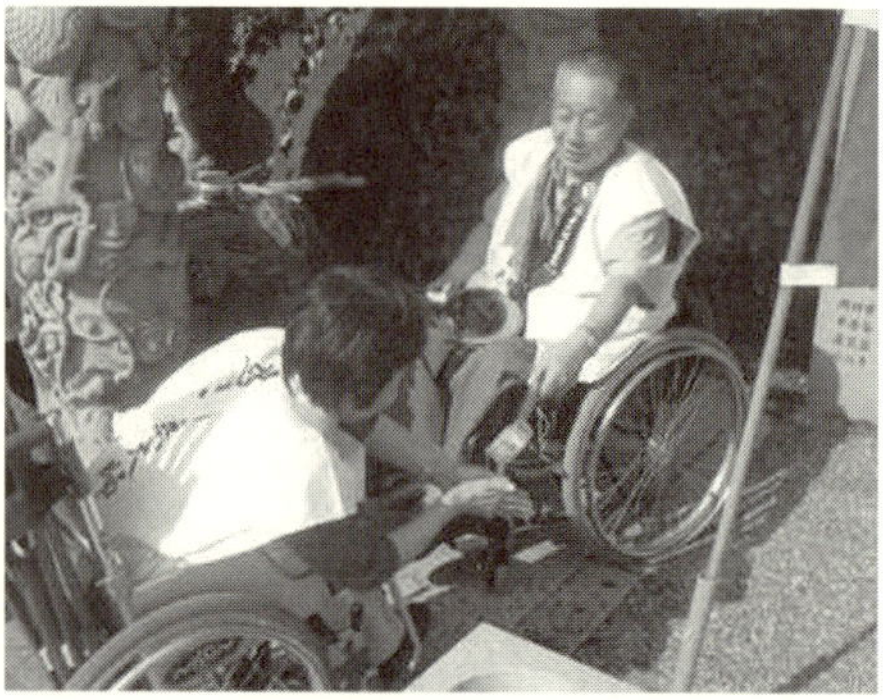

手洗いを手伝う

・《………》

これこそ、他人を思いやる、利他の心の芽生えとありがたく思っている。

諏訪中央病院名誉院長の鎌田實先生は『1%の力』という書物のあとがきに、「1%は、誰かのために生きてみてください。幸せにする。幸せになる。負けない人生が始まります。人生が面白くなる。生きるのがラクになります。1%は小さいけれど、とてつもない力を持っています」と、述べている。霊場巡りを通して、立つこと、歩くことのできないぼくでも《まだ、1%の力が生きていた》ことを呼び起こすことができた。

あとがき

立つこと、座ること、歩くことのできないぼくが、高野山の奥の院に満願成就の報告に行けた。そして、大きな心の変化があった。

最高の要因は、〈こんな自分でも四国巡礼の1員になりたい〉と言う気力があったからだ。旅立つ2ヶ月前、同じレベルの車いすユーザーに巡礼に出かけようと呼びかけた。

「いいなあ、行こう　行こう」

と、当初は賛成した人も、時間が過ぎると

「医者に宿泊は止められている」「おしっこが近い」「病院通いが多い」「今更、苦労したくない」「………」などの理由で断られた。ぼくにも同じような悩みがあるが、行きたいという気力が優先した。

四国88ヶ所霊場をめぐる距離は、約1200kmと言われている。このうち、ぼくが、自力でどれだけ移動したことだろう。おそらく20～25kmぐらいだったと思う。

この20～25kmでは、持ち合わせている身体的能力を、最大限、発揮しようとした。大汗をかきかき、残された腕力を頼りにがんばった。『足がだめでも手があるさ』というぼくなりの格言を繰り返しとなえながら……。がんばりきった後の汗は、結果がどうあれ、心地よいものだった。

寺の在り処といえば、山の中、狭い道を歩む所、階段の多い所が定番だ。四国の霊場も例外でなかった。でも今回、88の札所を訪ね、納め札を納め、お経を唱えることができた。

自力で移動できない部分は、他からの援助抜きには考えられなかった。

車いす・タクシー・ケーブルカー・航空機などの《物的援助》・旅行会社の添乗員、タクシーの運転手等の《人的援助》だ。立つことのできないぼくは、一段高いジャンボタクシーの座席へ、何度、背負われたことだろう。駐車場から寺境内までの急スロープを、何度、車いすを押してもらっただろう。本堂・太師堂の階段を、何度、持ち上げてもらっただろう。

階段が多く、車いす昇降が大変すぎる寺では、参拝の代行を務めもしてくれた。納め札とお賽銭を納め、鈴鳴らしを代行してくれた。鈴に合わせ、麓《ふもと》で一緒に合掌をさせてもらった。一連の行為が終わると、次の人の援助に出向く。時には二人で、時には3人がかりで　駆け足で息せき切っての行動の連続だった。

巡礼の添乗の仕事量は、肉体的にも精神的にも至難の業だ。車いすユーザーを巡礼者に加えたい一念だけで、獅子奮迅《ししふんじん》してくださり自然に頭の下がる思いでいっぱいだった。

究極のできごとは、松山でのぼくの不始末（病院行き）を、2時間も不平を言わず待ってくれた同志がいたことだ。

先ずは『自力』で可能性に挑戦する。挑戦が不可能な時は、『他力』を前向きにお願いし、さらなる可能性に挑戦すればよいことを知った。そうすれば、こんなぼくでも究極の目標・南極行きは可能になるだろう。今回の巡礼・同窓会は、今後のぼくの生き方を方向付けしてくれたのは確かだ。

巡礼に参加した同志は、口に出しての「アリガトウ」、やさしい眼つきからの「アリガトウ」が言いたく、巡礼後の同窓会に発展したのだろう。すでに、第3回同窓会の打診メールが、和歌山の山本さんから届いた。

「私が、第3回目の同窓会の幹事を受け持ちます。勇壮な那智《なち》の火祭り見物を提案します」と。

この本を出版するにあたり、日本パラ陸上競技連盟副理事長　花岡伸和氏から貴重な帯文をいただきました。

さらに発行元・本の泉社の比留川洋社長に大変お世話になりました。

関係されたみなさんに感謝の気持ちで一杯です。

２０１８年2月

房総の静郷にて　滝口仲秋

帯文を寄せてくれた花岡伸和さんのこと

千葉県障害者スポーツ大会・陸上競技の部に参加した時のことだ。

来ました。来ました。招集時間すれすれにやって来ました。ボディースーツから筋骨が盛り上がった青年です。プロ選手まがいのいでたち（ハ型後輪の競走用車いす、皮製のヘルメット等）で……。

８００ｍ走の大会記録（1分50秒63）を持っている花岡君です。

「一緒に走る滝口です」

「花岡です」

「ぼくは、7分はかかるなあ。ぼくにかまわず飛ばしてください」

「もちろんです。記録を更新します」

「よろしくね」「お互いがんばりましょう」

最後は、花岡君に励まされてしまった。

８００ｍ以上の参加者は、陸連規則でヘルメット着用になっている。孫のヘルメットを試用したが小さくてだめ。近くのホームセンターでは、大人用は取り寄せとのことだった。幸いにも、以前出入りしていた千葉県リハビリテーションセンター更生園から、当日借りることができた。付き添ってくれた夷隅健康福祉センターのSさんに、ランニングの前後にゼッケン番号（選手ナンバー）23をつけてもらい、ヘルメットを被らせてもらったら、レース参加の意欲が出てきた。

800・1500m走は、第2陸上競技場で行なうという。開会式の行なわれた第1競技場から第2競技場に移道中、大き目のヘルメットが前後に動いて仕方がない。大会規則だろうかゼッケンを太ももに貼られ、スタートラインに向かう。ピストルを片手にしたスターター、旗を持った審判員、ストップウォッチを手にした複数の計時員が位置についた。こんなに多くの関係者が見守るレースに出たのは初めてだ。

「エッ、シセイガチガウ」

「モット　ゼンケイシセイニナラナクチャア」

そんな不平が聴こえるようだ。でも、かたや大会記録の持ち主だ（4コース）。かたや800m完走できるかどうか不安いっぱいのぼくなのだ（2コース）。

そんなことはお構いなく、突然、《パァーン》と、ピストルが鳴った。

曲がりきった第2コーナーで《ピューーン》と異様な騒音がした。花岡君が抜き去っていく音だ。むかし子どもたちのテレビ番組に登場した《月光仮面》のようだった。

もちろん、右がぼく

「……疾風《はやて》のように現れて　疾風のように去っていく……」

花岡君は、まさしく月光仮面だ。

1周目第3コーナーに差しかかった頃には、花岡君はトラック上から消えていた。その後のトラック・フイールドは、ぼくだけの貸しきり場だ。前にも後ろにも誰も居ない。L版のヘルメットが大きすぎるのか、前後にかたむき苦労した。その都度、スピードを緩め修正した。観客席からの拍手は、時間を追うごとに大きくなる。「がんばってェ」「がんばれェ」などの声援も飛び散る。これでは、貸しきり場から消えるわけにはいかない。思い切り飛ばさざるを得ない。

汗が目に入って仕方がない。年甲斐もなく全身全霊でがんばった。二の腕が悲鳴を上げているようだ。

「最後の追い込みです。がんばれェ」という場内放送に励まされ、無事、ゴールインできた。

花岡君の後を追いかけ、表彰台に向かう。台の横に花岡君と並んだ（台には上がれないので……）。

「おめでとうございまーす」と大声をあげ、大会本部役員？　が肩にメダルを懸けてくれた。なんと、月光仮面の花岡君と同じ色の金メダルなのだ。障がい者の大会は、障がい区分で分けられている。同じ区分でも、年齢差（40歳未満、40歳以上）で分けられている。40歳以上の参加者は、74歳のぼくだけだった。

花岡君をパソコンで検索したら、驚き入ることばかりだった。名前は《花岡伸和》君と言い、アテネパラリンピック・マラソン（クラスT54）で日本人最高位となる6位に入賞しているではないか。現在、トラック1500mの日本記録保持者でもある。明後日はスイスに出かけ、ロンドンパラリンピックの予選会に参加するという。

こんな超一流選手と、同じピストル音を聞き、同じトラックを走れたのは、自分史に残る記念すべき出来事になった。「花岡君、無理は言わない。もう1度だけ同じレースを共有していただき、1秒でも記録更新に応援してもらえないだろうか」。無理なお願いだろうなあ。

〈ぼくのＨＰ〈手があるさ〉 http://www.geocities.jp/takinaka1022/　ルポルタージュ23 - 13より転載〉

滝口仲秋（たきぐち・なかあき）

１９３６年、千葉県いすみ市生れ。教職につく。30歳代半ばで難病・脊髄腫瘍におかされ、４回の大手術をほどこす。両足が完全マヒの車いす生活者になり、途中で仕事を辞める。現在、残された機能をフルに使い、可能な旅に出かけたり、ボランテア・障害者相談員活動をしたりし、日々、自分なりの楽しみを創《つく》っている。

《主な著書、論考》

『基礎的・基本的事項の重視　算数の用語・記号とその指導』（吉野印刷）
『夷隅郡市福祉マップ（大多喜町、夷隅町、岬町、大原町、御宿町、勝浦市）』（私家版）
『夷隅郡福祉マップ（大多喜町、御宿町）』（私家版）
『御宿町福祉マップ　H25年版』（私家版）
『足がだめでも手があるさ　生きるとはなにか』（日本図書センター）
『自立への旅――今日も一漕ぎ――生きるとはなにか』（本の泉社）
『立てない。座れない。歩けなくなって……生きるとはなにか』（同）
『あきらめないで行こう　中学生・高校生の君たちへ』（同、日本図書館協会選定図書、学校図書館協会選定図書
「まだ手があるさ―重度障害者がたどった自立への道程」（『地域リハビリテーション』、三輪書店）
『第49回　ＮＨＫ障害福祉賞入選作品集』（ＮＨＫ厚生文化事業団）

《テレビ・ラジオ出演》

「人間ゆうゆう」（ＮＨＫ教育テレビ　２０００・７・17～19）
「昼時情報・千葉」（ＮＨＫＦＭラジオ　２００８・９・24）
「生きるを伝える」（テレビ東京　２０１２・３・10）
「ラジオ　あさいちばん」（ＮＨＫラジオ第１　２０１３・10・３）
「早川一光のばんざい人間」（ＫＢＳ京都ラジオ　２０１３・11・23）
「我が人生　気力に託す」（ＮＨＫＥテレ　２０１４・12・10 or 17、２０１５・３・18 or 25）
「ラジオ　深夜便」（ＮＨＫラジオ第１　２０１５・１・６）

自力《じりき》でいどみ、他力《たりき》にたより

車《くるま》いす巡礼《じゅんれい》・可能性《かのうせい》への挑戦《ちょうせん》

二〇一八年三月十日　第一刷発行

著　者　滝口仲秋

発行者　比留川洋

発行所　株式会社 本の泉社

〒113-0033
東京都文京区本郷二-二五-六
Tel　03(5800)8494
FAX　03(5800)5353

印刷／製本　新日本印刷（株）

ISBN 978-4-7807-1682-5 C0093　Printed in Japan